한번쯤, 큐레이터

한번쯤, 큐레이터

박물관으로 출근합니다

정명희 지음

사회평론

차례

프롤로그

오늘의 한정판

나는 국립중앙박물관 큐레이터다. 내가 다니는 박물관은 한강변에 있다. 정확하게는 지하철 4호선과 경의중앙선이 만나는 이촌역 2번 출구 앞이다. 이곳은 당신이 사는 동네나 주로 오가는 곳에서 얼마나 떨어져 있을지, 혹 와봤다면 누구와 함께였는지 궁금하다. 같은 공간이더라도 함께한 이가 누구인가에 따라 확연히 다르게 기억되기 마련이다. 박물관을 좋아하는 친구와 함께였다면 천천히 걸으며 머무는 시간이 여유로웠을 것이고, 그다지 좋아하지 않는 이와 왔다면 보고 싶은 것을 제대로 즐기지 못하고 빨리 나가자며 재촉당했을지도 모르겠다. 혼자일 때 더 좋은 곳에 누군가와 함께했고 그 시간이 편안했다면, 그는 당신과 주파수가 비슷한 사람일 것이다.

누군가가 물었다. 큐레이터로 살아보는 건 어떤 거냐고. 드라마 속의 주인공처럼 하늘하늘한 원피스와 맵시 나는 힐을 신은 이가 생활에서 잘 안 쓰는 우아한 어휘로 관람객을 이끌고 전시실을 다니는 모습을 상상했던 것 같다. 현실의 내가 일터에서 만나는 사람들을 떠올려보면, '음… 뭐랄까?' 물론 한 가지 유형으로 단정할 수는 없다. 당연한 일이다. 그래도 '공통점이 있던가' 곰곰 생각해보면, 평소에는 어디서나 볼 수 있는 사람이었다가도 유물 앞에 서면 어디에서도 볼 수 없는 사람이 되는 점? 인류를 구원하거나 세계 평화를 지키는 일도 아니면서 그런 업에 종사하는 이들처럼 비장해지기도 한다.

그렇다면 나는 어떤가. 현실의 나는 디스토피아 영화를 좋아하는 아들1과 고양이 알레르기가 있는 아들2를 키우며 매일 아침 지하철 4호선을 타고 사무실로 출근한다. 마흔 살까지 사는 게 목표였던 시절에는 40대가 이렇게 맥없이, 그다지 철드는 기색도 없이 찾아올지 몰랐다. 30대 이후의 삶을 좀 구체적으로 생각했었다면 어땠을까 궁금할 때가 있다. 무엇보다 아들 둘을 키우는 엄마로 살게 될지는 상상도 못했다.

사실 나는 드라마에 나오는 '그녀'가 어디에 사는지 모른다. 우리의 일상은 가끔은 어느 직장에서나 있을 법한 풍경이 펼쳐지다가도 누군가에게는 선택 안 해서 다행인 일들이 수시로 벌어진다. 큐레이터로 산다는 것은 환상과 거리가 먼 매우 현실적인 하루하루로 이루어져 있다. 그렇다고 꿈꿨던 모습과는 매우

다를 수 있고 예상치 못한 돌출 상황에 조심하기 바란다는 주의 사항만 잔뜩 적을 수는 없지 않나. 영화나 소설에 나오는 것이 거의 다 환상이라며 이 직업군을 꿈꾸는 이들을 만류하지만, 혼자서는 못할 것 같은 일을 함께 끝냈을 때의 뿌듯함은 묘한 중독성이 있다.

퇴근길 사당행을 보내고 오이도행 혹은 안산행 지하철을 기다리는 경기도민인 내가 하루에 한 번씩 안도감을 느끼는 장소가 있다. 이촌역에서 동작역까지의 짧은 몇 분짜리 구간을 지날 때면 음악을 듣거나 무언가를 읽고 있다가도 고개를 들어 눈앞의 장면을 놓치지 않으려 한다. 빛이 닿지 않는 땅속을 달리던 지하철이 지상으로 나오면 서울의 아름다운 풍경이 펼쳐진다. 하루에 한 번 마주하는 이 시간이 소중해진 것은 '오늘의 한정판'을 경험하면서부터다.

그날 스마트폰에 코를 박고 있다 갑자기 고개를 든 까닭은 창으로 쏟아져 들어오는 빛 때문이었다. 구름 사이로 자유롭게 퍼져나온 햇살이 물결에 닿아 부드럽게 출렁였다. 일몰의 빛이 한강을 바라보고 선 건물에 비치었다. 동작대교 주변의 풍경은 성서에 나오는 천상계의 비유를 옮겨놓은 듯했다. 이 광경에 매료된 이는 나뿐만이 아니었다. 예상치 못한 일순간의 스침이 주는 반가움을 무표정 뒤에 숨기지만, 하나둘 스마트폰을 꺼내 그 순간을 놓치지 않는다. 연이은 찰칵 소리가 지하철의 정적을 깨트렸다. 부지런한 몇몇은 바로 태그를 달아 SNS에 올렸을 것이다.

지하철 같은 칸에 탄 이들을 눈여겨보는 일은 없지만, 이날은 달랐다. 서로에게 익명일 뿐인 이들이 잠시간 '우리'가 되었다. 한강을 건너며 해 지는 모습을 함께 본 시간은 아름다웠다. 같은 것을 바라보는 사람들이 공유하는 비슷한 느낌은 전시를 준비할 때 내가 기대하는 따뜻한 광경이다. 느낌의 세계를 공유할 때면 어떤 대화도 필요하지 않다.

전시를 보고 있으면 자잘한 걱정이나 고민거리, 뭔가에 쫓기던 불안감을 내려놓게 된다. 적어도 바라보는 순간은 그냥 그대로 있어도 괜찮다는 마음이 든다. 눈송이가 손등에 와 닿을 때처럼 내 안에 뭔가가 살포시 닿는 느낌이다. 잊고 있던 아름다움을 만나는 미미한 순간은 순식간에 사라지지만 다시 불러낼 수 있다는 것을 알게 되면 쉽게 사라지는 것에 대해 덜 마음 아파하게 된다.

박물관에는 '진짜'가 많지만 언제든 그 진짜와 직접 대면할 수 있는 것은 아니다. 전시 기간을 놓치면 다시 볼 날을 장담할 수 없다는 점에서 특별전은 모두 기간 한정판이다. 우리의 일상 또한 매 순간이 한정판이다. 혼자여도 좋고 함께여도 좋은 '오늘의 한정판'을 마주할 때면, 해 지는 모습을 함께 본 그날처럼,

우리의 심장은 조금 더 빨리 뛰고 있을 것이다.

이제 매일 박물관으로 출근하는 큐레이터들의 이야기를 해 보려고 한다. 큐레이터로 산다는 것의 어두움과 밝음, 흐린 날과 눈부신 날, 직업으로서의 큐레이터 말이다. 어떤 길이든 자신의 발로 직접 가보고 경험해봐야 하는 호기심 많은 이들에게 도움이 되면 좋겠다.

1

박물관으로 출근합니다

박물관에도
큐레이터가 있나요?

"무슨 일 하세요?"

"학예사인데요."

"네? 하계사요?"

처음 이 일을 시작했을 때 종종 이런 질문과 답을 주고받았다. 그럴 때마다 학예사는 학예연구사를 줄인 말이며, 박물관에서 일하는 연구직 공무원이라고 덧붙인다. 그럼 또 큐레이터와 같은 거냐고 묻는 이들이 있다. 우리가 바로 큐레이터라고 하면, 미술관에서나 만날 수 있는 큐레이터가 왜 박물관에 있냐는 표정이다.

큐레이터는 박물관이나 미술관 등에서 유물이나 작품을 관리하고 조사하며 전시, 홍보 활동을 하는 이를 일컫는다. 때로는 전시를 위해 재정을 확보하는 일도 아우른다. 미술관과 박물관은 전시 공간이라는 점에서 모두 큐레이터를 필요로 한다. 사람들은 미술관에서는 현대 미술을, 박물관에서는 전통 미술을 전시한다고 생각하는 경향이 있지만 이러한 구분은 갈수록 그 경계가 흐려지고 있다. 동시대 미술과 전통 미술 모두 '미술'이라는 시각 매체를 매개로 시간과 공간의 축을 오가며 연구되고 전시된다. 따라서 미술관에서 유물을 만날 수 있고, 박물관에서도 현대 미술품을 전시할 수 있다.

큐레이터는 전시를 기획하고 실행한다는 점에서는 하나의 직업군이지만 이 특징 하나만으로는 설명이 부족하다. 어느 기관에 속해 있는가에 따라 업무의 종류와 요구되는 소양이 다르기 때문이다. 자체 소장품을 관리하며 운영하는 곳인지, 상설전과 기획전을 하는 공간이 따로 있는 곳인지, 또는 전시와 판매를 목적으로 하는 갤러리인지, 작가나 외부 소장품의 기획 전시를 하는 곳인지에 따라 큐레이터의 역할은 천차만별이다.

큐레이터는 전시 기획 외에도 연구자로서의 역할을 해야 한다. 유물을 조사하고 연구하면서 그간 베일에 싸여 있던 새로운 사실을 밝혀낼 수도 있다. 획기적인 주제로 특별전을 기획하고 여러 전문가와 협업하면서 학문적으로 성장할 기회를 얻고 연구직의 정체성을 차곡차곡 쌓아갈 수도 있다. 물론 이 또한 시간을 따라 흘러가다 보면 우연히 도착해 있는 어떤 곳은 아니다. 이를 위해서는, 사실 어떤 일인들 마찬가지겠지만, 시간과 노력이 필요하다.

어느 큐레이터 지망생 카페에는 이 직업군에 대해 보수에 비해 원하는 학력 수준이 높고, 전문성, 꼼꼼함, 열정은 최고치를 요구한다고 소개되어 있다. 딱 맞지는 않지만, 대체로 맞다.

박물관에서 일한다고 하면 종종 듣는 질문 중 하나가 월요일에도 출근하느냐는 것이다. 대개의 도서관과 박물관이 월요일에 문을 닫는다는 것을 알고 하는 질문인데, 아이러니하게도 박물관은 휴관일에 더 바쁘게 돌아간다. 전기, 설비, 소방, 방호 등 시설 관리의 현업에 계신 분들도 예외가 아니지만, 전시실을 보완하고, 보존 환경을 점검하고, 전시품을 교체하는 일 모두 박물관이 쉬는 날에 이루어진다. 국립중앙박물관은 1월 1일, 설날과 추석 당일, 4월과 11월의 첫째 월요일을 제외하고는 모두 문을 여는데, 이처럼 월요일에도 문을 여는 박물관이 더러 있다.

일반적으로 사람들은 박물관은 변화가 더딘 곳이라 생각한다. 그래서 큐레이터들도 느긋하고 여유로울 것이라 여긴다. 이런 오해는 박물관에서 큐레이터가 하는 일이 대부분 겉으로 잘 드러나지 않기 때문에 생겨난다. 마치 남극 바다에 떠 있는 빙산처럼, 겉으로 보이는 큐레이터의 일은 전체의 극히 일부일 뿐이다. 잔잔한 호수의 백조처럼 드러난 모습은 우아해 보이지만,

수면 아래 심연에는 시간의 흐름 속에서 차곡차곡 쌓여 만들어진 거대한 산맥이 존재한다. 보이지 않는 수면 아래에서 큐레이터들은 어떤 일들을 할까.

큐레이터는 유물 앞에 서 있을 이를 상상한다. 서두를 일 없는 여유로운 걸음도, 빠른 보폭의 발소리도 떠올려본다. 프롤로그와 에필로그, 그 누구도 같을 수 없는 인생의 스토리에서 어떤 큐레이팅을 하고 있을지 상상해본다. 우리는 무채색 도시에 살고 있으니 시간은 대체로 그렇게 반짝이지 않으니. 좋은 날은 그냥 보내기 아깝고, 아름다운 시간을 함께 보낸 이를 오래 기억하고 싶은지도 모른다. 한번쯤 큐레이터로 살아본다는 것은 어떤 기분일까. 오늘 함께 나누고 싶은 이야기다.

학예연구사에게 필요한 시간, 578년

국립중앙박물관은 정부 행정부처 중 문화체육관광부에 소속되어 있다. 우리는 줄여서 '문체부'나 '본부'라고 부른다. 문체부는 문화, 예술, 영상, 광고, 출판, 체육, 관광 등의 사무를 관장한다. 정부 부처 중에서도 관할하는 업무가 가장 방대하고 인원도 많다. 국립민속박물관, 국립현대미술관, 대한민국역사박물관도 문체부 산하이지만, 전국에 13개의 소속관이 있는 박물관은 국립중앙박물관이 유일하다.

박물관 업계나 문화계, 언론계, 연구자 무리, 애호가 그룹은 우리 박물관을 줄여서 '국박'이라고 부른다. 민속박물관은 '민박', 대한민국역사박물관은 '대박'이라고 하는 식이다. 지방에 있는 소속 박물관과 구분할 때는 서울 이촌역에 있는 박물관을 '중박'이라고 부른다. 언제부터 이렇게 줄여서 불렀는지는 모르겠다.

국립중앙박물관에 근무하는 학예연구직(큐레이터)은 200명이 넘는다. 얼핏 많아 보이지만 이는 서울의 90여 명을 비롯해 경주, 광주, 전주, 대구 등 지방에 있는 13개 소속 박물관에서 일하는 이들을 모두 합한 숫자다. '중박'의 경우 유물관리부, 고고역사부, 미술부, 세계문화부, 보존과학부의 학예연구실 5개 부서뿐 아니라 미래전략담당관실, 행정운영단, 교육문화교류단에도 큐레이터가 근무한다.

'국박' 큐레이터가 하는 일은 다양하다. 유물을 소장품으로 만드는 전 과정을 담당할 뿐 아니라 소장품을 관리하고 활용하는 업무, 소장품의 가치와 의미를 분석하고 해석하는 조사 연구를 한다. 관람객의 박물관에서의 경험을 의미 있게 하기 위한 각종 교육과 강연 행사의 기획과 진행, 때로는 공연 기획도 큐레이터의 업무다.

국립중앙박물관을 운영하는 예산은 국가에서 나오기 때문에 큐레이터의 업무는 모두 국가의 예산회계법을 따라야 하는 행정 업무를 기본으로 한다. 따라서 아무리 간단한 절차와 적은 예산이 들어가는 일이라도 행정 매뉴얼에 따라 진행한다. 이러한 사실을 알게 된 순간, 박물관이 자신의 전공 분야만 연구하고 전시만 잘하면 되는 곳이 아님을 절실히 깨달았다.

새해가 되면 작년의 예산 집행 실적을 정리해 결산 자료를 만들고, 올해의 예산 계획을 취합해 배정한다. 얼다 녹다를 반복하던 박물관 정원의 거울못 얼음이 마침내 모두 녹고, 산책길의 흙이 말랑말랑해질 즈음이면, 누군가는 소요(所要) 정원(定員) 자료를 만든다. 자유롭게 슬슬 걸어 다니는 '소요(逍遙)'의 의미가 아니라, 낙타가 바늘구멍 통과하기 시험을 준비하는 듯한 마음으로, 꼭 필요한 '소요' 인원을 얻기 위한 노력을 시작하는 것이다.

한 명의 학예연구사를 충원 요청하기 위해서는 수십 페이지의 자료가 필요하다. 충원해야만 하는 이유가 아무리 합리적이라 하더라도 좌절감을 가득 안기는 수많은 터널을 통과의례처럼 거쳐야 한다. 한 명의 큐레이터를 만나는 과정은 참으로 험난하다. 그리고 마침내 가능성이 희박한 관문을 통과해 귀하디귀한 한 명의 학예연구사를 확보했을 때를 상상해보자. 그는 과연 어떤 일을 하게 될까?

그에게 일제강점기부터 20세기 전반에 이르는 박물관사 자료의 아카이빙을 의뢰한다고 치자. 한 사람의 새로운 연구사는 8시간의 하루 근무 시간을 쪼개어 일제강점기 조선총독부박물관 문서를 정리하고, 유리건판의 전문 해제를 진행할 것이다. 유리건판은 투명한 유리판에 빛에 민감한 약품을 바르고 건조하여 이미지가 맺히게 하는 근대의 사진 매체를 말한다. 일제강점기 조선총독부에서는 이를 이용해 문화재와 민속 자료를 기록하고 조사했는데, 이때의 자료가 지금까지 수만 점이 남아 있다.

신입 큐레이터에게 유리건판을 비롯해 조선총독부박물관에서 인수받은 유물(이를 '본관품'이라고 부른다)의 정보를 보완하여 재등록하고 고적조사품을 분류하는 업무를 맡긴다고 가정하고 필요한 시간을 계산해봤다. 전체 일의 양을 근무 시간으로 나누어보니 산술적으로 578년이 필요하단다. 세상에! 계산식이 잘못되었나 싶어 유물 수량, 작업량 등 산출식을 다시 확인하고 계산기를 두들겨보았으나, 숫자는 틀리지 않았다.

이때 느끼는 감정은 우주의 탄생, 별의 생성과 소멸을 다룬 과학 다큐멘터리를 볼 때의 철학적 깨달음과 맞먹는다. 578년짜리 일은 우주의 먼지 같은 존재에 불과한 사람 한 명이 30년을 일한다 해도 약 20세대에 걸쳐 물려줄 일이라는 계산이 나온다. 혼자서는 감당하기 힘든 시간의 무게가 다가온다.

소요 정원 자료를 작성하는 와중에도 여러 생각이 스친다. 배정해주지도 않을 인원을 가지고 희망 고문을 하나 싶지만, 다시금 정신을 차리고 자료 작성에 집중한다. 끝이 없는 일이다 싶다가도 누군가는 꼭 해야 할 일임을 알기 때문이다.

소요 정원 자료뿐 아니라 며칠을 고민해 만든 보고서나 자료에 대해 유쾌한 피드백을 받지 못한 날도 있다. 게다가 자료 보완은 당일 오후 3시까지, 예산은 이튿날 오후 2시까지, 하는 식으로 제출 마감이 줄줄이 기다린다. 예산 자료를 만들고 요구자료에 답변서를 만들고 국정감사를 준비하고 각종 보고서를 만드는 일은 달이 바뀌어도 계절이 달라져도 계속된다.

글 앞에 번호를 붙여가며 조사 사용을 최소화해 요점을 정리하는 개조식 보고서에 익숙해지다 보면 '~이다'로 끝나는 문장을 쓰는 게 영 어색해진다. 오늘도 내가 속한 학예기획팀 사람들은 상념에 잠긴다. 우리가 만들어 작성한 자료는 어디로 가는 걸까. 그 자료가 다 모인 곳은 어떤 곳일지 불현듯 진심으로 궁금해진다. 큐레이터들에게 하나의 우주인 '행정의 세계'도 만만치 않다. 아무튼 큐레이터는 우주의 일을 다루는 만큼 여러 언어를 다뤄야 한다는 정도에서 이야기를 마무리해야겠다.

우주엔 블랙홀, 박물관엔 수장고

국립중앙박물관은 지금의 위치로 이전하기 전에 경복궁의 국립고궁박물관 자리에 있었다. 내 첫 발령 부서는 유물관리부였다. 부서마다 고유의 분위기와 특징이 있었는데, 특이하게도 유물관리부의 선배들은 아침에 사라졌다 해 질녘이 되어야 돌아왔다. 어디서 무엇을 하고 오는 걸까 궁금해하며 우두커니 앉아 기다리던 첫 발령 날의 어정쩡한 마음이 오래 기억에 남는다. 나는 대체로 별걸 다 모르는 신입이었다. 선배들이 아침부터 종일을 보내고 온 수장고라는 공간이 박물관 업무의 근원이자 블랙홀이란 것도 한참 후에야 알 정도로 당시의 직장 생활은 그야말로 좌충우돌의 시간이었다.

대부분의 사람들은 박물관 소장품이라고 하면 전시실에 공개되어 있는 유물을 떠올릴 것이다. 하지만 대개의 박물관에는 전시품 외에도 그것의 몇 배 이상 되는 유물을 소장하고 있다.

전시실이 아닌 어딘가에 소장되어 있는데, 그곳이 바로 수장고다. 유물관리부에게는 수장고가 곧 제2의 일터다.

용산으로 옮기기 전에는 수장고에서 유물 등록 업무를 했다. 사무실에서 수장고까지 가는 길은 멀고도 깊었다. 지하 7미터에 위치한 수장고에서 오전 9시 10분부터 11시 40분까지, 점심식사 후 오후 1시 15분부터 5시 반까지, 오전과 오후, 눈이 오나 비가 오나, 계절이 바뀌는 것과 상관없이 유물을 등록하고 있으면 사방이 고요한 가운데 간간이 경복궁역을 지나는 지하철의 울림만 느껴지곤 했다. 예나 지금이나 수장고는 안전상의 이유로 2인 이상 조를 이루어야 출입이 허용되는 보안 구역이다. 용산으로 이전하기 전 경복궁 시절에는 수장고에 변변한 휴게실이 없어서 휴식 시간에도 바닥에 골판지를 깔고 둥글게 둘러앉아 쉬는 게 전부였다.

유물관리부에서 소장품 등록 다음으로 맡은 일은 이사 준비였다. 41만 점의 유물을 용산의 새로운 박물관으로 옮기기 위해 각각의 유물을 실사하고 유물의 각 재질과 특징에 맞게 포장하고 운송을 준비하는 팀에 소속되었다. 이때에도 대부분의 시간을 수장고에서 보냈다. 운송 준비팀 업무가 끝나고 마침내 2005년 용산으로 이전한 후에는 새로 개관한 전시실에 필요한 유물을 소속 박물관이나 외부 기관에서 빌려오는 임시 이관과 대여를 담당했다. 큐레이터에게 수장고는 피할 수 없는 업무 공간이지만, 특히나 박물관에서의 첫 3년은 수장고에서 보낸 시간이 가장 길었던 시절이다.

유물도 전시실보다 수장고에서 더 많은 시간을 보낸다. 유물 한 점이 박물관의 소장품으로 등록되어 수장고에 보존되다 전시실로 옮겨져 일반인에게 공개되기까지는 여러 공정을 거쳐야 한다. 박물관 안의 다양한 직업군은 이 모든 단계에 어떤 식으로든 관련돼 있다. 박물관에 근무하는 사람들, 즉 박물관인에게 수장고는 연구실이나 전시실 이상으로 중요한 장소다. 지방의 13개 소속 박물관에서 이루어지는 전시 준비와 연구 지원을 비롯해 국·공·사립 및 대학박물관, 국외 박물관의 유물 대여 역시 열람 조사실, 촬영실, 포장실 등 수장고를 거점으로 진행되기 때문이다.

국립중앙박물관에는 유물을 보관하는 전용 공간인 수장고가 모두 21개 있다. 유물관리부가 관리하는 수장고는 17개이고 나머지 4개는 고고역사부, 미술부, 세계문화부, 전시과의 개별 수장고다. 지금은 전시 부서별로 개별 수장고를 갖는 시스템이 당연한 듯 정착되어 있지만, 이는 박물관이 용산으로 이전한 뒤 선배들의 오랜 바람과 노력으로 마련된 것이다. 그 덕분에 각 전시 부서가 유물을 전시실에 올리기 전에 잠시 보관하거나 보고서를 작성할 때 유물을 대출받아 실사하고 조사할 수 있는 공간이 생겼다.

이렇게 업무 환경이 좋아지긴 했지만 편리해진 만큼 또 다른 업무가 늘어났다. 전시 부서에는 각각의 학예 업무 외에 전담 수장고를 관리하는 일과 함께 유물관리부로부터 각 전시실의 전시품을 대출하거나 전시를 마친 유물을 격납하는 출격납이 예전보다 훨씬 많아졌다. 당시는 출격납 서류와 행정 절차를 진행하는 일뿐 아니라 수장고에서 유물을 대출하고 전시가 끝난 후 격납하는 모든 자리에 출격납 담당이 동행했다. 연중 교체 전시가 계속되는 부서의 출격납 담당은 하루에도 여러 차례 수장고를 오르락내리락해야 했다. 덕분에 업무 시간의 걸음만으로도 하루 1만 보는 거뜬히 넘겼다.

유물관리부에서 박물관 생활을 시작하다 보니 몸에 밴 규칙이 몇 있다. 수장고에 들어갈 때는 스카프, 넥타이, 출입증처럼 상체를 숙였을 때 유물에 닿을 수 있는 것들은 모두 풀어놓는다. 통이 넓은 바지나 스커트, 굽이 높은 신발도 피한다. 그 어디에도 정식 매뉴얼로 쓰여 있지 않고 어깨너머로 배운 규칙들이지만 큐레이터 사이에는 불문율처럼 공유되는 사항이다.

신입 시절 선배들은 수장고 작업이 있거나 벽부 진열장 안에 들어가 유물을 교체할 때면 일단 바지 밑단을 양말 안에 접어

넣었다. 처음 그 모습을 보았을 때는 뭔가 성스러운 의식을 진행하는 듯한 진지한 표정이 우스꽝스러웠다. 통 넓은 바지 대신 꽉 끼는 스키니가, 발목까지 올라오는 양말 대신 발목을 드러내는 양말이 유행하면 더 이상 바짓단을 접어 넣을 필요도, 넣을 수도 없게 되니 수장고에서 유행의 변화를 느끼기도 한다.

손톱에 대한 것도 그렇다. 나는 동네 구석구석까지 자리 잡은 네일숍에 아직 한 번도 가본 적 없다. 손톱을 다듬고 매니큐어를 다양한 모양으로 바르거나 장식하는 네일 관리는 남의 이야기일 뿐이다. 유물 등록 업무를 할 때 유물에 쓴 번호가 지워지지 않도록 투명 매니큐어로 마무리 칠을 하는 탑코팅은 많이 해봤지만, 정작 내 손톱에는 사용해본 적이 없다.

부서를 다양하게 옮겨 다니며 근무하고 있는데도 수장고 업무를 하던 초창기에 몸에 밴 습관은 잘 바뀌지 않는다. 혹시나 갑자기 유물을 만져야 할 상황이 있을까 봐서 그렇기도 하다. 유물 중에는 회화나 문서, 금속 유물처럼 반드시 실리콘 장갑을 끼고 만져야 하는 것이 있지만, 표면이 매끄러운 도자기 같은 유물은 맨손으로 만져야만 한다. 손톱을 기르거나 반지를 끼는 습관 자체를 버리게 된 것은 유물을 만질 때 혹시 발생할지 모를 긁힘을 방지하기 위해서다.

수장고 갈 때는 이렇게!
마스크 필수
실리콘 장갑
편한 운동화
바지 밑단은 접어 넣기
이제는 안 해요

수장고로 입주합니다

박물관 이전 계획을 세울 때 가장 신경 쓴 부분은 전시실만이 아니었다. 토기, 도자기, 금속, 회화, 목공예, 대형 석조물 등 재질이 제각각인 유물을 그 특성에 맞추어 보관할 수 있는 수장고를 만드는 일 또한 중요했다.

박물관의 소장품은 대한제국, 일제강점, 한국전쟁 등 근현대를 거치면서 한국 역사만큼 다양한 곡절과 사연을 가지고 있다. 사실 이런 유물들을 박물관에 입수된 역사나 연유에 따라서 또는 유물에 매겨진 일련 번호순으로 보관한다면 이들을 연구하고 활용하는 큐레이터의 입장에서는 매우 편리하다. 하지만 새로운 수장고를 건립할 때는 유물의 입장에서 가장 안전하고 적절한 보존 환경을 만들어주는 것에 주안점을 두었다.

유물은 어떤 성분과 재질로 만들어졌는지에 따라 적정한 온도와 습도가 제각각이다. 따라서 격납장을 만들 때도 유물의 특징과 환경 요소를 최우선으로 고려한다. 수장고에는 공기가 통하도록 오동나무로 만든 장도 있고, 진공 상태로 보관되어야 하는 유물을 위해 공기가 통하지 않도록 만든 특수 격납장도 있다. 수장고는 유물을 위한 최적의 환경으로 만들어지기 때문에 이곳에 보관된 유물들은 대부분 계절의 변화를 잊은 채 살고 있다. 한여름에도 수장고에 있으면 더위를 모른다. 수장고에서 종일을 보내다 바깥 공기를 만날 때면 가벼운 어지러움을 느낀다. 안팎의 온습도 차이 때문이기도 하지만, 고요한 수장고 공간에서 밖으로 나올 때면 마치 다른 행성에서 지구로 막 귀환한 듯한 기분이 들어서다. 수장고에는 수장고만의 냄새가 있다. 오래된 물건에서 풍기는 시간의 향기다.

입사 후 3년 동안은 사수를 따라 다니며 여러 업무를 맡았는데, 그중 가장 오랜 시간 담당한 일이 유물 등록이었다. 발굴된 후 국가에 귀속된 유물, 구입 절차를 밟아 새 식구가 된 유물, 기증자의 손을 거쳐 박물관으로 들어온 유물, 문화재 사범이나 도굴꾼 손에 넘어갔다가 우여곡절 끝에 박물관 소장품이 된 유물 등 다양한 사연을 지닌 유물을 박물관 식구로 등록하는 일이었다. 사람으로 치면 주민등록증을 발급하는 절차다.

유물을 등록할 때는 먼저 유물을 분류하고 등록할 공간을 정비하고 등록에 필요한 물품과 자료를 준비해야 한다. 그다음에는 유물의 가로, 세로, 높이, 중량 등의 규격을 실측하고, 유물 겉면의 가장 적절한 위치에 고유번호를 표시한다. 모든 유물은 해당 유물의 입수 연유를 알려주는 분류 코드와 숫자가 결합되어 만들어진 유물번호를 갖게 된다. 분류 코드는 총독부박물관 이래의 소장품은 '본', 덕수궁박물관 시절부터의 소장품은 '덕', 새로 구입한 유물은 '구'로 나뉜다. 토기나 도자기의 경우에는 가는 붓으로 아크릴 물감을 찍어 밑면에 이 유물번호를 적고 마르기를 기다린 다음, 그 위에 투명 매니큐어를 살짝 발라 벗겨지지 않게 한다. 유물에 각각의 유물번호를 넘버링하는 방식은 서화류나 족자, 문서처럼 종이나 천으로 만들어진 유물과 금속으로 된 유물 등 재질에 따라 저마다 다르다. 오래된 책이나 문서와 같은 종이류는 연필을 사용해 번호를 기입한다.

이어 유물 조사 카드에 유물의 상태를 적고 특징과 상세 설명을 기록한다. 이 과정은 박물관 입수 후 유물에 대한 여러 정보가 기록되는 중요한 단계다. 이후 유물의 여러 면을 촬영한다. 주민등록증의 사진을 찍는 것과 같은 절차라 하겠다. 촬영을 마치면 이제부터 유물의 주소지가 될 수장고 번호와 격납장, 격납단이 정해지고, 유물을 그 장소로 옮긴다. 이때 수장고 번호는 일종의 시·군·구를, 격납장은 동·읍·면을, 격납단은 지번 또는 도로명 주소에 해당한다. 여기까지의 업무가 주로 등록실과

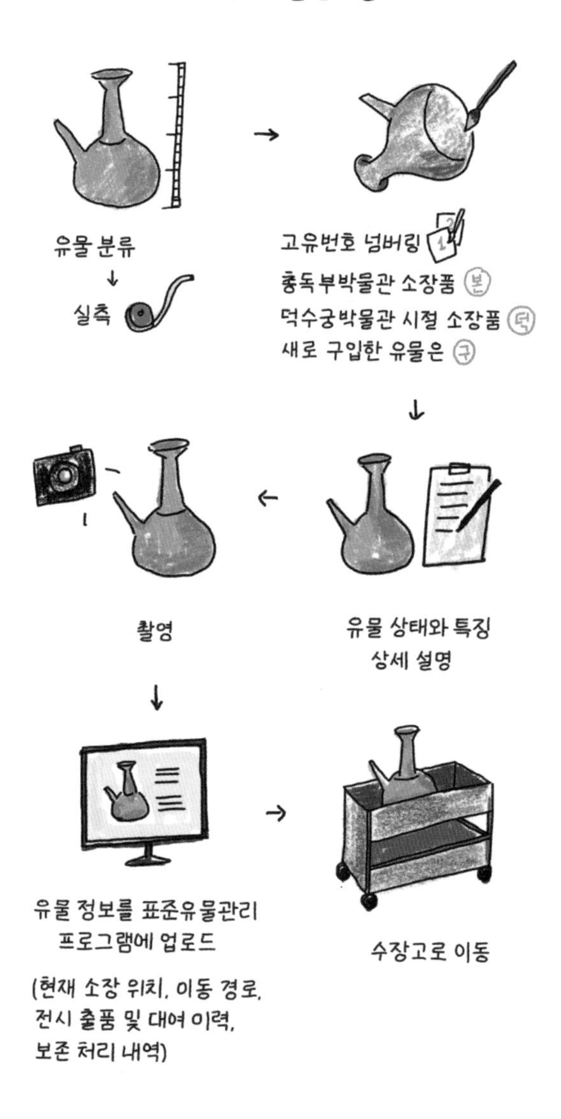

수장고 유물 입주 절차
유물 분류
실측
고유번호 넘버링
충독부박물관 소장품 (본)
덕수궁박물관 시절 소장품 (덕)
새로 구입한 유물은 (구)
촬영
유물 상태와 특징
상세 설명
유물 정보를 표준유물관리
프로그램에 업로드
(현재 소장 위치, 이동 경로,
전시 출품 및 대여 이력,
보존 처리 내역)
수장고로 이동

수장고에서 이루어졌다면, 그다음부터는 사무실에서 진행할 작업들이다. 유물 등록을 위해 정리를 마친 정보는 표준유물관리 프로그램이라는 내부 전산망에 업로드하는 과정을 거친다. 이 과정을 끝마치면 전산망을 통해 유물 관리가 이루어진다.

예전에는 전산 등록 이외에도 종이로 된 유물 카드를 만드는 것으로 등록 업무가 마무리되었다. 이제는 전산망을 통해 유물 입수 후 현재 소장 위치, 이동 경로, 전시 출품 및 대여 이력, 보존 처리 내역 등의 전문 정보들이 관리되기에 더는 종이 카드를 만들지 않는다.

박물관의 정예 부대, 건립추진단

신입 큐레이터 시절의 교육 일정에는 당시 용산에 한창 짓고 있는 새 박물관의 공사 현장 견학이 포함되어 있었다. 바람이 휘몰아치는 벌판에서 작업복에 등산화, 안전모를 착용한 선배들을 만났다. 누군가 박물관 건립추진단은 정예 부대라고 귀띔을 해주었으나, 공사 현장에서 선배들의 첫인상은 기대와 달랐다. 흑백 다큐멘터리 영상에서 본, 중동에 파견간 비장함 가득한 산업 역군 느낌이었달까.

선배들은 벽체만 세워지고 전기 설비도 아직 안 되어 있는 어두컴컴한 공사 현장을 누비며 여기는 사무실, 저기는 기획전시실 하며 이곳저곳 보여주었다. 또 설계 변경을 위해, 반가사유상의 독립 공간을 마련하기 위해, 진열장 전동 설비와 조명 박스를 마련하기 위해 현장에서 어떻게 조율하며 설득했는지를 공들여 설명했다. 신입이 이해할 수 있는 내용은 미약했지만,

작업 과정을 회상할 때의 표정과 목의 핏대만으로도 선배들이 단계마다 마주했을 감정의 굴곡은 확실히 전해졌다.

그들의 손에는 진열장 형태, 바닥재 종류, 벽체 마감뿐 아니라 전기 공사, 설비 시설이 그려진 도면 뭉치가 있었다. 뭐 하나 쉽게 이루어지는 일은 없구나 싶었던 강렬한 깨달음에 덧붙여서 우리가 죽도록 고생해 만드는 공간이 너희의 일터가 될 거라는 그런 유의 말을 선배들에게 들었던 것 같다. 학예 용어가 아니라 용역, 발주, 협상, 견적, 도면이란 건축 용어가 난무하는 건립추진단 사무실에서 느낀 것은 큐레이터라는 일에 대한 기대감이 아니었다. 큐레이터가 전시 준비 말고도 이런 일까지 직접 해야 한다는 것이 실감나지 않았다. 상설전시실 하나를 개편하는 공사나 특별전 하나를 준비하는 것도 힘든데 박물관을 새로 짓는 일이라니, 지금 생각해봐도 엄두가 나지 않고 상상이 잘 안 된다.

2025년 가을이면 박물관이 지금의 위치로 옮긴 지 20주년이 된다. 박물관 이전이라고 하면 일반 기업이 사옥을 옮기는 일 정도로 생각할 수 있다. 하지만 재질도 크기도 상태도 모두 다른 41만 점이 넘는 유물을 한 점 한 점 포장해 이들의 새 거처인 수장고 몇 동 몇 호로 안전하게 옮긴다는 것은 말 그대로 초특급 미션이었다.

"젊음을 갈아 넣은 이들의 피·땀·눈물로 미션 클리어되었습니다." 이렇게 가볍게 말하고 넘어갈 수 없는 무수한 에피소드가 있었지만, 지금은 세월과 함께 기억 저편으로 사라지고 수면 아래로 가라앉았다. 이제 이곳은 누군가에게는 원래부터 있었던 일상의 공간일 뿐인지도 모르겠다. 대한민국 정부가 수립되기 이전부터, 그리고 전쟁과 재난을 겪으면서도 문화재를 지켜온 수많은 익명의 사람들이 있었다. 일곱 차례나 이사해야 했던 박물관이 더 이상 옮겨 다니지 않아도 되는 집을 비로소 갖게 되었을 때, 누구보다도 가장 기뻐하고 안도했을 그분들이 떠올랐다.

박물관을 움직이는 사람들

새로운 콘텐츠를 기획해 상설전시실을 운영하거나 하나의 특별 기획 전시를 만드는 일에는 큰 공력이 든다. 전시는 박물관의 본질이자 사업의 근간이지만 큐레이터 혼자만의 노력으로 해낼 수 있는 일이 아니다. 전시 준비 과정에는 여러 부서에 소속된 다양한 전문가의 도움과 협업이 숨어 있다. 박물관의 모든 전시는 자신의 몫을 묵묵히 해내는 이들 덕분에 무사히 이루어진다. 이들의 소중한 하루하루가 박물관을 살아 움직이게 한다.

처음 부임했던 부서인 유물관리부는 수장고를 중심으로 진행되는 여러 업무를 총괄한다. 유물에 적합한 최적의 환경을 유지하는 수장고 관리와 운영뿐 아니라 소장품과 관련된 행정 업무를 맡는다. 국내뿐 아니라 국외 박물관과 미술관으로부터의 대여 요청에 응하고, 소장품에 대한 조사와 연구를 위한 전문가

들의 유물 열람을 지원하며, 소장품 정보를 데이터베이스로 구축해 좀 더 폭넓은 활용을 돕는 사이트를 만들고 운영하는 업무를 한다.

국내외 연구자와 국·공·사립 박물관뿐 아니라 박물관 내부의 각 부서와 13개 소속 박물관에서 진행하는 각종 전시와 조사 업무, 보고서 발간 등의 업무는 모두 유물관리부와 밀접하게 관련되어 있다. 이곳에서는 문화재청, 문화재연구소, 각종 발굴 기관 등 외부 기관과의 접점이 많을 수밖에 없는데, 그만큼 협업도 많이 이루어진다.

또한 소장품을 구입하거나 기증·기탁하는 업무를 비롯해 국가에 귀속된 발굴매장문화재를 관리하는 일도 주요 업무다. 이러한 일을 전문적으로 전담하는 사람을 소장품관리사, 즉 레지스트라(registrar)라고 한다. 참고로 발령받은 기관과 부서, 맡게 되는 업무에 따라 차이는 있지만, 박물관 일은 큐레이터이면서 레지스트라여야 하는 경우가 많다.

한편, 컨서베이터(conservator)라고도 불리는 보존과학자들도 박물관을 움직이는 중요한 사람들이다. 이들은 유물이 전시 환경에 노출되어도 안전한 상태를 유지할 수 있는지 판단하고, 보관과 전시에 적합하도록 보존 처리를 진행한다. 이들은 유물이 어디가 아프고, 어떤 체질이고, 어떻게 관리를 해야 건강한 삶을 약속할 수 있는지를 연구한다. 더불어 일부 단편만 남은 유물의 퍼즐을 추적해 원래의 모습을 복원한다. 지금까지 남아 있어 준 데 대한 고마움을 담아 앞으로 수백 년을 버틸 수 있도록 관리하고, 건강한 삶을 챙겨주는 주치의 같은 일을 한다. 그런 점에서 보존과학자는 큐레이터의 든든한 지원군이다.

박물관 사람들 사이에서는 서로를 식별하는 몇 가지 독특한 기준이 있다. 새로 산 장비가 들어왔을 때 먼저 전원부터 켜서 이것저것 눌러 보고 있으면 큐레이터이고, 매뉴얼부터 읽으면 보존과학자라는 식이다. 중장기 계획이나 발전 방안을 세울 때에도 5년 단위의 계획을 세우면 일반 큐레이터이고, 50년이나 100년 단위 계획을 세우면 빙하기로부터 지금까지의 수십만 년 시간을 다루는 고고학자, 그중에서도 특히 구석기 관련 전공자일 가능성이 높다.

박물관에는 이렇듯 생각하는 시간의 보폭이 서로 다른 이들이 조화를 이루며 살아가고 있다. 이 다양한 직업군들은 유물을 연구하고 조사하여 전시에 적절한지를 밝혀내고, 전시를 통해 관람객들과 만나기까지 끊임없이 협업해나간다.

이 외에도 500여 명의 국립중앙박물관 직원 가운데에는 박물관 교육을 전공해 관람객의 연령과 대상에 맞게 교육 프로그램을 개발하고 운영하는 등 에듀케이터 역할을 하는 학예연구사들이 있다. 전시 공간을 연출할 뿐 아니라 도록, 안내문, 포스터와 초청장 같은 홍보물과 그래픽을 총괄하는 디자이너, 박물관의 신문이나 영문 매거진 등의 출판물을 만드는 출판 편집 담당자, 그리고 언론 홍보와 마케팅을 담당하는 여러 전문가 군들이 박물관을 살아 움직이게 한다.

또한 41만 점이 넘는 소장품이 안전하게 머물 수 있도록 행정지원과, 시설관리과, 중앙방재실의 전문 인력이 맡은 바 책임을 다하고 있다. 이들은 매일 수장고와 전시실, 사무 공간의 방범과 보안뿐 아니라 온도와 습도 관련한 시설 전반을 체크하고 유지·관리함으로써 박물관의 안전을 책임지고 있다.

그렇다면 박물관에서 큐레이터는 어떤 일을 할까? 박물관은 유물을 매개로 사람과 사람이 만나는 곳이다. 예술과 학문, 철학에 관한 전문 지식을 지닌 이가 대중에게 일방적으로 지식을 전달하는 곳이 아니다. 관람객은 고정되고 불변하는 대상이 아니기에, 큐레이터는 누구에게 무엇을 어떻게 들려줄지를 고민하며 전시를 준비한다. 큐레이터에게 전시란 이야기를 만들 기회가 주어지는 것과 같다. 우리가 살아볼 수 없는 과거의 시간을 관람객에게 경험하게 한다는 것은 멋진 일이다.

박물관 큐레이터는 현재의 시류보다 과거의 유행에 더 민감하기에 이들이 느끼는 시간의 보폭은 일반인들과 다르다. 세상의 변화 속도가 빨라지고 있지만 무작정 그 속도를 따라가지 않는다. 변화를 알아차리지 못했거나 받아들이지 못해서가 아니다. 과거에 일어난 일이 지금 다시 일어날 수도 있음을 알고 있으면서도 사람은 생각보다 강하다는 것을 살아냄으로써 몸소 보여주고 글로 남긴 이들의 목소리를 기억하고 있기 때문이다. 오늘도 큐레이터들은 눈 위에 남은 발자국이 사라지는 것을 안타까워하며 유물로 남은 이야기가 공기 중에 흩어져버리지 않도록, 미래의 누군가에게 닿을 수 있도록 수집해둔다.

레지스트라
K에 대하여

K의 부음을 들었다. 그날은 박물관이 용산으로 이전한 후 가장 많은 수의 학예연구사를 채용해 신입 교육을 진행하던 마지막 날이었다. 그는 박물관 레지스트라였다. 한 번 본 것은 잊지 않는 눈썰미와 한 번 만져보면 유물의 정체를 알아차리는 예민한 손을 가진 그는 종종 "눈이 보배다"라고 말했다. 아침마다 특유의 사투리 억양으로 "야~ 가자" 하면, 신입이던 우리는 미어캣처럼 자리에서 일어섰다.

"여긴 수리된 부분이니 아래쪽을 들어."
"눈으로 보기엔 똑같은데요?"

형태가 완벽히 복원된 도자기라 하더라도 복원된 부분은 손끝이 닿았을 때 온도가 다르다고 했다. 척 보면 아는 사람이 있고, 만져보면 아는 사람이 있고, 노려보고 만져봐도 잘 모르는 사람이 있다. 나는 세 번째에 해당하는 사람이어서였는지 처음 입사했을 때는 그렇게 집에 가고만 싶었다. 퇴근하고 싶은 마음에 시계를 들여다보면 항상 오후 3시였다.

K를 졸졸 따라다니며 몇 번의 계절을 보냈다. 아침은 늘 오래된 물건의 향기와 함께 시작되었다. 목재 수장고에선 나무 향이, 금속 수장고에선 흙과 쇠의 향이, 회화 수장고에선 먹의 향이 났다. 그리고 이들 향기로 가득한 공간에서 유물과 K 사이에는, 의사에게 아픈 곳을 털어놓는 환자처럼, 신뢰의 대화가 이어졌다. 수장고 구석구석 어디에 어떤 유물이 있는지, 꾸준히 상태를 살펴야 하는 유물은 무엇인지를 기억하고 점검했다.

그는 유물 관리 방법을 제대로 배우지 못한 큐레이터가 수장고에 들어가 유물을 잘못 만지면 그 폐해는 되돌릴 수 없다고 늘 말했다. 마치 수문장처럼 일에 익숙하지 않은 이들이 수장고에 접근하거나 회화 족자처럼 주름과 균열에 취약한 유물을 만지는 것을 막았다. 신입 큐레이터에게 K와 함께하는 시간은 학교에서는 결코 배우지 못한 실전의 시간이었다.

국립중앙박물관의 기원은 대한제국기인 1909년 창경궁에 개관한 제실박물관까지 거슬러 올라간다. 일제강점기와 한국전쟁을 겪은 근현대사의 굴곡은 박물관 역사에 고스란히 남아 있다. 대한민국 정부보다도 먼저 설립된 박물관은 한국전쟁 시기에 유물을 피란시키고, 부산 피란 시절에도 전시를 진행했다. 그렇게 박물관을 지켜낸 사람들 중에는 드물게 자신의 일대기를 남기거나 노하우를 책으로 정리한 분도 있지만, 대부분은 어떤 기록도 남기지 않은 채 하나둘 떠나갔다. 현재의 큐레이터에게는 박물관을 거쳐간 이들이 들인 시간, 노력, 열정은 관심 둘 일도 아닐뿐더러 원래부터 있어온 당연한 상황일 뿐인지도 모르겠다. 나 역시 박물관에 들어오기 전에는 유물을 지켜온 사람들이 만든 박물관의 역사를 잘 몰랐다.

K는 한국 박물관의 수장고 관리와 유물을 보관하는 격납장의 형식과 방법, 유물 핸들링(유물을 직접 만지거나 다루는 행위) 방식을 정비한 사람이다. 유물은 재료, 무게, 속성 같은 물리적 요소에 따라 그것을 보관하고 격납하는 환경과 방식, 핸들링 방법이 다 다르다. 그는 유물을 포장할 재료가 마땅하지 않은 상황에서 한지, 솜포(한지로 목화솜을 싼 포장재), 종이테이프, 면 끈, 오동나무 상자 등을 이용하여 유물의 특성에 맞춘 포장법을 개발했다.

국립중앙박물관에서는 전통적으로 유물 포장에 좀처럼 에어비닐을 사용하지 않았다. 면으로 만든 끈, 이불의 안감이나 기저귓감으로 쓰이는 소창 같은 천연 재료를 주로 이용했다. 간혹 투명비닐 끈을 써야 할 상황일 때는 끈의 양 끝을 매듭지어 풀리지 않게 했다. 지금은 전문적으로 유물을 포장하거나 운송하는 업체가 많지만, 이런 업체가 없던 시절에 K는 박물관 유물 포장법의 기틀을 만들었다. 포장재와 유물의 접촉면과 이동할 때의 진동을 최소화하면서 힘의 균형을 맞춰 하중을 분산하는 것이 그만의 방식이었다.

그가 유물을 포장할 때는 조용한 가운데 긴장감마저 감돌았다. 모든 사물의 이치인 '물리(物理)'가 그의 손끝에서 뻗어나왔다. 숨을 고르며 유물을 포장하는 그의 동작과 시선을 하나하나 지켜보고 있노라면 그가 완전히 다른 사람처럼 느껴졌다. 그는 마치 얇고 가벼운 날개옷처럼 투명한 존재 같았다. 모두의 눈이 작업 중인 그의 손짓과 작업 테이블로 집중되었을 때의 고요한 침묵은 신비했다.

눈이 보배가 아닌 대다수 신입은 K가 작업하는 모습을 먼발치에서 지켜보면서 수장고 생활을 시작했다. 처음에는 다들 무심한 시선을 던지지만, 얼마 지나지 않아 대나무 자로 한지 안에 공기를 불어 넣는 '한지 엠보싱 업무'를 제대로 해내는 사람들과 이들을 부러운 눈으로 바라보는 사람들로 나뉜다. 이 미션 다음에는 오동나무 상자 끈을 잘 묶는 이와 못 묶는 이로 분류되는 관문이 기다렸다. 신입 큐레이터들은 아무것도 하지 않고 그저 바라만 보다가 드디어 역할을 부여받으면 주어진 일을 소중히 받아와 집에서도 그릇이나 달걀을 포장해보고 분리수거용 신문지를 모아 격자로 묶고 푸는 연습을 했다.

한국 문화재가 국외로 나가 전시될 때 호송관으로 따라간 큐레이터들은 한국의 유물 포장법 덕분에 해당 국가의 큐레이터들에게 찬탄을 받았다. 하지만 K에게서 이런 무용담을 직접 들은 적은 없었다. 자신이 해야 할 일을 하고 있을 뿐 스스로 이루어낸 것에 대해 어떤 자찬도 과장도 하지 않았다. 다만 제대로 유물 다루는 법을 배워야 한다고 강조했을 뿐이다.

컨디션이 좋지 않은 날에는 유물을 만지지 마라, 수장고를 지날 때는 눈길이 닿지 않는 유물은 없는지 살펴보아라, 불가피하게 바닥에 액자를 세울 때에는 밑에 각목을 받쳐 공기가 지나는 길을 만들어라. 수장고 복도를 걷거나 전시 장비를 정리하다가 그의 목소리와 선한 눈빛이 떠오르는 날이 있다.

K는 유물 포장에 가장 많이 사용하는 한지도 부드러운 면과 미묘한 결이 있는 면이 앞뒷면을 이루고 있다는 것과, 한지를 대나무 자로 접어 엠보싱을 만드는 법, 솜을 넣은 한지 솜포를 충전재로 사용하는 방법, 오동나무 상자의 끈을 묶는 법이나 족자를 말고 펼 때의 주의 사항을 세심하게 가르쳐주었다.

유물을 만질 때의 주의 사항이 머리에서 손으로, 의식하지 않아도 몸에 배어들기 위해서는 시간이 필요했다. 유물을 대할 때는 함부로 움직이지 말아야 하며, 차분한 마음으로 대하되 지나친 긴장은 해롭다고 했다. 나는 그에게서 미래의 누군가가 유물 앞에 머무를 수 있게 하는 것이 우리가 해야 할 일임을 배웠다. 어쩌면 이 모든 건 그가 자신에게 주어진 일을 묵묵히 해냈기 때문에 전수해줄 수 있었던 것인지도 모른다.

K의 온기를 기억하고 있을 유물들에게 그의 부재를 알린다. 그는 자신의 손길이 닿았던 유물들을 잘 알고 있는 과거의 사람들과 같이 있을 것만 같다. 각자가 기억하는 조각이 다르고, 기억의 편린을 연결해 누군가에 대해 쓴다는 게 쉽지 않지만, 우리는 항상 가까이에 같은 모습으로 있을 줄 알았다. 현재가 이렇게 금방 과거가 될지 몰랐다. 수장고를 걷다 보면 유물을 보는 눈을 가르쳐준 고마운 사람들이 그리워진다.

기억전달자,
은퇴한 물건

'유물(遺物)'은 말 그대로 남겨진 물건을 뜻한다. 『삼국유사』에서 '유사(遺事)'가 남겨진 이야기를 뜻하고, 과거에 왕궁이거나 마을, 거주지였던 곳을 '유적(遺跡)'이라 부르는 것과 마찬가지다. 평소에 잘 쓰는 말은 아니지만 박물관에서는 가장 많이 사용하는 단어로 다섯 손가락 안에 든다.

유물은 한때 누군가의 애장품이었지만 지금은 왕성하게 활동했던 그 시간으로부터 은퇴한 물건이다. 수장고나 전시실에서 큐레이터와 눈이 마주치기를 기다리는 이들은 무성영화의 주인공처럼 말은 없지만 풀어내야 할 기억을 암호처럼 지니고 있다. 유물이 간직한 기억은 알아봐 줄 사람이 있을 때 빛을 발한다. 유물이 그 존재로 역사를 말하려면 많은 공정과 노력이 필요하다. 노련한 큐레이터는 이들이 보고 겪었을 시간을 대신해 들려줄 스토리를 만들어낸다. 고리타분하지 않으며 생동감 있게 살려낼 테마를 뽑아낸다.

몇 년 전 여러 작가와 함께 대나무전을 준비한 적이 있다. 그때 박물관 큐레이터라면 당연시해온 것들이 사실은 일반적이지 않고 특별한 일이라는 걸 알게 되었다. 유물 전시를 할 때면 입이 무거운 상대방 앞에서 종일 혼자 떠들 때처럼 알게 모르게 공허하면서도 외로웠는데, 그 감정의 정체를 깨달았다.

작가는 전화를 걸면 받아주고, 이메일을 보내면 회신을 하고, 만날 일이 생기면 약속을 잡고, 자신의 작품 설명도 직접 해주니 작업 내내 즐거웠다. "오늘 너무 덥네요" 하는 소소한 안부부터 장거리 출퇴근이나 육아의 어려움 같은 생활밀착형 대화, "삶이 너무 퍽퍽하지 않아요?"라든지 "그 작품 작업하실 때 어떤 마음이셨어요?" 하며 속내를 묻는 질문까지, 작가와의 소통은 그야말로 신세계였다. 과묵한 과거의 유물은 수백 년에서 수천 년 세월을 살아와 고단하고 연로한 어르신 같다. 먼저 말문을 연 적도 없고, 전화번호도 없고, 물어도 물어도 대답이 없다.

그럼에도 잘 생각해보면 유물은 늘 자기 이야기를 들려주고 있었다. 침묵하는 유물 옆에 가만히 머물면 희미하게나마 바람 같기도 한 소리가 들린다. 암호처럼 풀기 힘들지만 유물이 들려주고 싶은 이야기를 알아차리는 순간, 상상의 세계로 가는 문이 열린다. 유물이 어떤 기억을 담고 있는지 들여다보고 있노라면 어떤 때는 거꾸로 이들이 나에게 물어온다. 너에게는 어떤 기억이 있냐고.

우리 안에는 모르는 것을 알고 싶어 하는 마음뿐 아니라 새롭고 신기한 것을 좋아하는 마음이 있다. 다만 좀처럼 잘 꺼내지 않아 둔감해졌거나 잊어버렸을 뿐이다. 박물관에서 매주 수요일에 '큐레이터와의 대화'를 진행할 때면 유난히 눈이 반짝이는 이들이 있었다. 유치원생에서 어르신에 이르기까지 나이와 성별, 국적을 막론하고 새로운 것을 알아가는 일을 좋아하는 이 호기심 많은 사람들과 함께할 때마다 행복하다. 하지만 나는 무표정한 사람이 서서히 바뀌어가는 모습을 보는 것이 더 좋다. 기대하지 않았던 소소한 기쁨이 마음의 틈새로 비집고 들어가

번져가는 모습을 발견할 수 있기 때문이다.

모르는 걸 알아가는 건 재미있는 일이지, 꼭 정형화된 답을 찾을 필요는 없다. 그보다는 궁금해하는 마음이 중요하다. 미지의 대상을 자세히 바라다보면 서서히 호기심이 생긴다. 본다는 것은 비우는 행위이기도 하다. 우리의 눈은 전시실의 무언가를 응시하고 있지만, 마치 제3자가 된 것처럼 나를 바라보고, 머릿속을 가득 채운 일로부터 멀어지게 만들기도 한다. 비웠을 때의 가벼움, 가벼울 때의 자유로움을 경험하게 된다. 마음이 간질간질해지는 지점을 불러내면 더 자세히 알고 싶어 숨은 이야기를 찾아가게 된다.

나만의 컬렉션에서 모두의 유물로

무언가를 모아본 경험이 있는 이들은 알 것이다. 우표에서부터 냉장고 자석, 레고, 피규어, 컵, 브로치, 에코백…. 모으는 종류는 다르지만 무언가를 하나하나 모으는 과정에서 이야기가 만들어진다. 소장하기까지의 사연과 나의 것이 된 이후의 날들이 소장가에게는 역사가 된다. 모아보지 않은 사람은 알 수 없는 소장가만의 애착이 있다.

기증 업무를 담당할 때였다. 할머니 한 분이 박물관에 연락을 해오셨다. 고인이 된 남편의 소장품을 기증하겠다고. 유물 인수를 위해 여의도의 오래된 아파트에서 반나절을 보냈다. 기증 유물 목록을 만들고 사진을 찍다 보니 시간이 훌쩍 지나 어느덧 점심때였다. 운송을 위한 포장까지 마무리하기엔 애매한 시간이어서 점심으로 짜장면을 시켜 먹으며 할머니한테서 할아버지 생전의 이야기를 들었다.

할아버지의 취미는 월급을 아껴 도자기를 모으는 것이었다. 도자기를 사온 날이면 어김없이 담배 한 갑을 들고 방에 들어가 문을 닫았다고 한다. 순간 내 눈에도 작은 백자 연적을 들고 방으로 들어가는 할아버지 뒷모습이 보였다. 닫힌 문 뒤로 남은 할머니의 시선도 느껴졌다. 소장품에 대한 애착은 아내마저도 가족마저도 서운하게 만든다. 무언가를 모은다는 것은 그런 것이다.

이제 그 방에는 할아버지가 아꼈다는 백자 연적과 작은 백자 병이 옹기종기 모여 있다. 남편이 평생 아껴 모은 도자기를 박물관에 기증하기로 결정한 할머니는 하늘에 있는 남편도 내가 이럴 줄은 몰랐을 것이라며 웃으신다. 의논하지 않고 도자기를 보내니 속이 다 시원하다, 이제 좀 보상받은 것 같다고 하시는데, 그 말씀에 담긴 할머니 마음을 알 것 같았다. 실은 가장 안전한 곳에서 남편의 애장품이 잘 전해지기 바라는 마음이라는 것을.

전시를 보다 보면 가끔 개인 소장품이라고 적힌 설명 카드를 볼 수 있다. 개인이 아껴 모은 작품을 여러 사람과 함께 보겠다는 결심을 했을 때에야 만날 수 있는 것들이다. 국립중앙박물관에도 이런저런 사연을 안고 기증된 유물이 많다.

조선 초 의주목사를 지낸 문신 진충귀의 〈공신녹권〉도 그 가운데 하나다. 조선 태조 4년인 1395년에 발급된 이 〈공신녹권〉은 개국에 공을 세웠음을 인정하는 증서로, 6미터가 넘는 긴 두루마리 형태로 되어 있다. 여기에는 106명의 공신에게 노비와 밭을 상으로 주고 부모와 처에게도 직위를 내리고 자손에게 과거를 치르지 않고 벼슬에 오를 수 있도록 하는 왕의 교시가 적혀 있다.

이 〈공신녹권〉을 기증한 할아버지는 집안에 전해 내려온 귀중한 유물을 아내와 상의 한마디 없이 박물관에 기증했다. 기증자 할아버지가 타계한 후 기증 관련 후속 업무를 위해 익산에 살고 계신 아내분을 뵈러 간 적이 있었다. 남편이 세상을 떠나고 어렵게 두 아들을 키운 할머니는 생계에 보탬이 될 선택을 하지 않은 남편을 그동안 많이 원망했다고 한다. 사실은 그랬다고, 하며 나지막이 말씀하실 때 그 마음이 내게도 전해졌다.

자신의 분신과도 같은 소장품을 박물관에 기증하는 분은 보통 사람과는 다른 더 큰 세상을 보는 분들이다. 이들은 자신의 소장품이 누군가의 인생을 바꾸는 계기가 될 수 있음을 알기에 더 넓은 세상으로 내보낸다. 자신의 것, 혹은 우리 집안의 것으로 생각하지 않고 더 많은 이들에게 닿을 수 있도록 떠나보내는 마음이 참 크다.

다른 사람으로 살아본다는 것

나는 왜 큐레이터가 되고자 했고, 또 어떻게 큐레이터가 되었을까? 그 이야기를 하려면 1999년 12월 31일 자정이 가까운 밤, 새 밀레니엄을 맞이하려 광화문 광장의 군중 속에서 꽁꽁 얼어붙었던 시간부터 시작하는 게 좋겠다.

그날 밀려드는 사람들을 분산하기 위해 1호선 지하철은 종각역에 서지 않았다. 보신각종이 있는 곳까지 가는 길은 최소한의 사회적 거리도 허용되지 않았고, 각자의 사정과 의지로 서로 다른 길을 내고자 하는 이들이 도로를 가득 메웠다. 차가 다니지 않는 광화문 광장은 바다와도 같았다. 밀레니엄을 기념하려는 사람들이 야외에서 겨울밤을 보내기 위해 입은 두툼한 패딩 외투가 마치 튜브처럼 출렁거리는 빽빽한 인간의 바다. 고스란히 인파에 몸을 맡길 수밖에 없다 보니 팽팽한 긴장감과 무기력함이 동시에 찾아왔다.

20세기에서 21세기로 바뀌는 역사적 순간을 그냥 보낼 수 없다며 제야의 종소리를 직접 들으러 가자는 친구의 제안에 못 이기는 척 따라나섰다. 하지만 그때 특별한 다짐을 했는지는 기억이 나지 않는다. 매년 제야의 종소리를 방송하는 아나운서의 상투적인 멘트 뒤로 '아쉽게' 한 해를 보내고 '희망찬 마음으로' 새해를 맞이하는 적극적인 시민 중 하나로 유형화되는 모양새가 내키지 않았다.

역시 집에서 TV로나 볼걸. 후회하면서도 이미 내린 결정을 속으로 투덜거리고 있는 내가 한심하게 느껴졌다. 분명 그곳에 있었음에도 종소리의 기억은 별다르게 남아 있지 않다. 균형을 잃으면 파도처럼 밀려오는 사람들에 묻혀 이대로 쓸려가겠구나 하는 위기감, 사람에 의해 압사한다는 것이 무엇인지, 그런 일이 어떤 상황에서 일어날 수 있는지 실감한 기억이 생생하고 뚜렷하게 남아 있을 뿐이다.

정작 당면한 문제는 밀레니엄이 시작되었다고 달라지지 않았다. 그때 나는 몇 학기째 해결하지 못한 논문 주제를 붙잡고 대치 상태에 있었다. 거리를 걷다 쇼윈도에 비친 모습을 볼 때면 머리 위에서 불꽃 같은 아지랑이가 피어오르는 환영이 보였다. 당시의 내 세상은 논문을 끝낸 사람과 그렇지 못한 사람으로 구분되는 이분법에 사로잡혀 있었다. 몇 가지 아르바이트를 번갈아 해야 했기에 논문 쓸 시간을 할애하는 데 한계가 있었다. 석사 논문이라는 무거운 추를 발목에 매단 채로 나는 내가 만든 감옥에 스스로를 감금하고 있었다. 그냥 문을 열고 나오면 된다고들 하는데, 정작 발목에 매달린 추를 풀어낼 열쇠를 어디에 두었는지 기억하지 못해 허우적거리며 벗어나지 못하는, 매우 우스꽝스러운 상황이었다.

새로운 미래가 파도처럼 밀려오지도 않았다. 근근이 졸업한 스물아홉의 겨울에는 이직을 위한 시험을 준비하고 있었다. 첫 직장은 당시로는 드문 주5일 근무의 사립박물관이었다. 미술사를 공부하고 취업하기가 쉽지 않았기에 아르바이트를 전전하다 얻게 된 직장이 과분했다. 사원증을 받고 회사에서 주는 식권으로 주변 식당에서 점심을 사 먹는 일부터 선임 연구사를 따라 소장품을 등록하고 정리하고 도록을 만드는 일, 전시 준비를 돕는 일 모두 감사할 따름이었다.

가끔 회장님에게 회화나 티베트 불화를 가지고 오는 딜러들이 있었다. 외국인 딜러가 꺼내는 불화를 꼼꼼히 살펴보고 자신만의 안목으로 구입 여부를 결정하던 일흔이 넘은 사업가의 시선이 기억에 남는다. 사립박물관에는 다양한 소장품이 있었지만 그중 티베트 불화가 주요 수집품이었기에 이 분야를 좀 더 전문적으로 공부해보자는 마음으로 인도철학과에 다니는 친구의 소개를 받아 티베트어를 배우러 다녔다.

티베트 스님이 가르치는 스터디 모임은 매주 토요일 동국대에서 진행되었다. 뭔가를 새로 배운다는 점도 좋았고 오랜만에 회사가 아닌 학교에 간다는 재미도 있었다. 친구에게 사전과 교재도 받았지만, 공부는 얼마 하지 못하고 포기했다. 의욕에 차 시작했으나 글자가 뒤집어진 건지 제대로 쓰인 건지 위아래도 구분하지 못하는 나의 언어 능력으로 인해 흥미는 급속히 사라졌다. 한편에는 자신이 전생에 티베트 승려였다고 말하는 회원들을 만나는 게 부담스럽기도 했다.

막연한 미래에 대한 두려움을 지나 어느 정도 '안락함'에 머무르게 되었지만 그것도 잠시, 어느새 '갑갑함'이 나를 찾아왔다. 때가 되면 어김없이 찾아오는 이 두 친구를 응대하면서 감정의 곡선은 오르막길과 내리막길을 오갔다. 현재가 불만스럽기는커녕 내 인생에 봄날이 온 듯하다가도, 이러다 뻔하게 살게 될지 모른다는 걱정이 앞섰다. 20대의 방황만큼이나 서른으로의 진입도 쉽지 않았다.

첫 직장은 가족적이고 좋은 곳이었지만 다니는 내내 불안했다. 당시의 사회 분위기상 결혼을 하고 출산을 하면 더 이상 다닐 수 없으리란 걱정도 불안의 이유 중 하나였다. 좀 더 제대로 박물관 업무를 배우고 싶어 퇴근 후와 주말을 이용해 학예연구직 공무원 경력경쟁채용시험을 준비했다. 그렇게 저렇게 1차 필기 시험을 보고 결과를 기다리고, 다시 2차 전공 시험, 마지막 3차 면접 시험이 다가왔다. 검은색 정장에 흰색 셔츠, 똑같은 옷을 입은 사람들 사이에서 "상사가 부당한 요구를 한다면 어떻게 행동하겠는가" 하는 공직관에 관한 질문을 받기도 했다. '합격만 한다면 뭐라도…'라는 절실함을 숨기고 '잘 생각해보자. 정신을 놓지 말자'를 되뇌었던 것 같다. 그리고 마침내 국립중앙박물관에 입사했다. 명석한 동기 중 하나는 그때 이미 '행정가로 살 것인가, 연구직으로 살 것인가' 하며 자신의 미래가 고민이라고 했다. 나는 어느 쪽인가 하면, 도대체 그런 고민을 왜 하는지 의미도 이유도 모를 정도로 박물관에 대해서 잘 몰랐다.

국립중앙박물관 큐레이터로 일한 지 19년 차, 여느 직장인과 마찬가지로 생활인으로 살아가고 있다. 거창한 꿈이나 영감을 좇을 새도 없이 내게 주어진 일, 하루하루를 사는 것에 집중한다. 새로 발령받은 부서에서 새로 부여되는 업무를 소화하면서 여러 가지 일을 동시에 얼마나 할 수 있는지로 매해 자신의 기록을 갱신하며 살고 있다.

20대에는 마흔이란 나이가 아득하기만 했다. 그야말로 먼 나라 이야기였다. 40, 50대는 어떤 마음으로 살게 될는지 상상할 수도 없었다. 이기적이고 편협한 중년이 되고 싶지는 않았던 것 같다. '남들과 똑같이 그저 그렇게는 살지 않을 거야'라고 생각했던 기억이 난다. 뭔가 그럴듯한 사람이 되어 있기를 꿈꾸었을까? 그럴듯함이 무엇이었는지 지금은 가물가물하다. 그저 인생에 대해 자신이 없으면서도 안정된 기반을 가진 듯 보이는 기성세대가 불만스러웠다.

무엇을 하고 싶은지 무엇을 할 수 있을지 모든 게 불투명하던 봄, 안개 속에 혼자인 것 같던 그때 찾아간 곳이 박물관이었다. 박물관에 가면 내 자신이 과거로 여행하는 타임슬립 영화의 주인공이 되는 듯했다. 가끔 다른 사람으로 살아볼 수 있는 연극무대에 선 것과도 비슷했다.

일단 박물관 안으로 들어오면 바깥세상의 분주한 일상이나 나를 괴롭히던 여러 생각을 그대로 놓아둘 수 있었다. 눈앞에 있는 것을 그저 바라보고 있기만 해도 되는 그 느낌이 좋았다. 발길이 멈춘 그림 앞에 서면, 아무것도 하지 않아도 충분하며 모든 것이 이대로 괜찮은 듯했다. 전시 공간에 머물 때의 느낌은 책을 펼칠 때의 몰입감과는 또 달랐다. 눈으로 다가와 마음에 머무는 이미지의 힘은 우리 안의 어둡고 후미진 구석까지 닿을 만큼 강하면서도 자유롭고 편안했다.

끙!
휴!

해보자!

좋은 시간의 기억

좋은 시간을 보낸 곳은 다시 가고 싶어진다. 그때의 풍경이 아름다웠거나 함께한 이가 좋았기 때문이기도 하지만, 여기에 재미가 더해졌을 때는 더욱 그렇다. 다시 돌아갈 수 없다는 걸 알기에 더욱 간절해진다. 하지만 10대를 관통하던 시절의 내겐 박물관에 대한 좋은 기억이 별로 없다. 개인 취향과 상관없이 단체로 던져진 그곳은 마치 동굴처럼 어두컴컴했다.

당시로서는 최신식 시설이라며 가을 소풍 장소로 선택된 어린이회관 과학관, 그날 무엇을 보았는지는 거의 생각나지 않는다. 그나마 기억나는 건 니스 칠이 된 나무 난간의 그 반질반질한 촉감이다. 왼손으로 관람객이 진열장 유리에 손대지 못하도록 설치해놓은 난간을 훑으면서 앞서 걷고 있는 친구의 뒤통수를 쳐다보며 따라갔다. 기차놀이를 할 때처럼, 앞선 친구의 신발 뒤축을 밟지 않고 내 뒤를 따르는 친구에게도 밟히지 않도록 조심하며 적정 속도로 걸었건 기억. 빨리 나가고 싶다는 마음을 억누르며 답답한 전시실을 그렇게 돌아 나왔다. 가끔 무언가 눌러볼 수 있는 버튼이라도 나올라치면 지루함 끝에 그나마 할 만한 거리를 찾은 친구들이 미친 듯이 눌러대던 광경이 떠오른다. 지금도 간혹 단체로 박물관 관람을 온 아이들한테서 10대 시절의 나와 친구들의 모습을 발견할 때가 있다.

우리는 오랫동안 박물관을 딱딱한 학습 공간이라고 생각해 왔다. '박물관은 따분한 곳'이라는 막연한 인상을 이대로 두어도 괜찮은지 깊이 따져보지 않는 사이, 어린 시절에 자리 잡은 박물관에 대한 고정된 이미지가 사라지지 않고 다음 세대로 넘어가고 있었다. 사람들은 박물관을 역사 공부를 하는 곳이거나 지식을 쌓는 곳, 혹은 역사에 관심 있는 특정 마니아만이 좋아하는 공간이라고 여긴다. 다큐멘터리만 상영하는 전문 영화관처럼 생각하기도 하는데, 학창 시절 역사를 암기 과목으로 받아들여 흥미를 잃은 사람들이 더욱 그렇게 생각한다. 늘 다니는 집 앞 가정의학과의 의사 선생님도 환자 중에 큐레이터가 있다며 나를 반기지만 그분을 박물관에서 만난 적은 없다.

어린이박물관과에서 근무할 때 학부모자문단을 운영한 적이 있다. 어린이박물관의 사업이나 교육 활동에 관해 평가나 의견을 듣는 모임이었다. 학부모들에게 참여 동기를 물으니 대부분 자녀 때문이라는 답을 들었다. 자문단 일을 하면 우리 아이가 박물관에 관심을 가지지 않을까, 아이들에게 들려줄 이야기가 더 많아지지 않을까 하는 기대를 하고 있었다.

학부모의 교육열은 아이들을 박물관에 자주 데려오게 하는 데 동력이 되기도 한다. 하지만 그 열정이 너무 넘쳐서 아이들에게 박물관이 재미있고 즐거운 곳이라 느낄 새도 없이 뭔가를 배워야 하는 곳이라는 압박감을 주게 된다면 그것만큼 가혹한 일도 없다. 그래서 나는 학부모분들께 박물관을 방문했을 때 자녀에게 전시장의 설명 카드를 읽으라고 강요하는 일만은 하지 말라고 권한다. 아이가 자신의 취향을 알아가며 스스로 '나만의 유물'을 선택할 수 있는 기회를 부디 빼앗지 말아 달라고 부탁한다. 어떤 대상에게 관심을 쏟고 마음을 주거나 흥미를 갖게 되는 개인의 경험은 그 자체로도 소중하며 이후 이어지는 삶에서 중요한 자양분이 된다.

대개 사람들은 박물관을 현실과 유리된 공간이자 과거에 멈추어 있는 박제된 것들의 보관소라고 생각한다. 완전히 틀린 생각은 아니다. 박물관은 오래된 유물을 보관하고 전시하는 곳이지만, 단지 딱딱한 학습 공간이자 현실과 동떨어진 곳은 아니다. 유물이 들려주는 이야기를 '과거의 이야기일 뿐'이라고 선

그어버리는 틀을 깨는 건 큐레이터의 오랜 숙제다.

사실 많은 이에게 박물관은 큰맘 먹어야 가는 곳, 어디부터 봐야 할지 막막한 곳이다. 단 한 번의 방문으로 모든 것을 다 보고야 만다, 해치운다, 하는 목표를 세우면 박물관은 미루어놓은 숙제를 하는 곳이 된다. 하지만 애당초 박물관을 보는 정해진 규칙은 없다. 뭔가를 알아야 한다는 부담이나 어떤 의무 없이 그저 유물을 마주해보면 좋겠다. 처음에는 좀 어색할 수 있지만, 우선 바라보면 된다. 이 단계를 넘기면 편안해진다. 그다음은 그냥 저절로 이어지는 느낌의 흐름을 따라가면 된다.

박물관에서 좋은 시간을 보낸 기억이 없다는 건 추억을 쌓을 기회를 아직 갖지 못했다는 의미다. 좋았던 시간의 기억들 덕분에 큐레이터가 된 이들이 많다. 조용히 전시 공간에 머물며 유물을 마주하는 혼자만의 시간을 경험했기 때문이다. 큐레이터는 오늘도 고민한다. 내가 가졌던 궁금증과 풀릴 듯 말 듯 흥미진진했던 이야기를, 내가 느꼈던 평온을 어떻게 전달할 수 있을까. 모든 게 막막할 때, 앞만 보고 달리다 지칠 때, 피할 수 없는 어려움을 만났을 때, 시간을 멈출 수 있는 법을 박물관에서 찾을 수 있기를 바란다.

박물관의 아침은 사람들의 목소리로 시작된다. 경쾌한 걸음으로 문을 열고 들어온 이들이 아이보리빛 대리석의 아늑한 복도를 거니는 모습이 좋다. 날이 좋으면 좋은 대로, 궂으면 또 궂은 대로, 기분이 좋거나 울적하거나 언제든 편하게 찾을 수 있으면 좋겠다. 어수선한 머릿속을 정돈하고 싶다면, 꽉 짜인 일상에서 빠져나와 조용히 머물 곳이 필요하다면 이곳에 오기를. 자주 가는 곳이 우리 편이 되어줄 것이다.

아주 사적인 중박 사용 설명서

국립중앙박물관은 우리나라에서 가장 큰 규모를 자랑하는 만큼 전시실도 넓고 다양하다. 처음 이곳을 방문한 많은 이들이 박물관 앞에서 잠시 길을 잃는다. 고개를 들어 위를 올려다보면 동편과 서편으로 두 개의 건물이 나뉘어 보인다. 도대체 어디를 먼저 봐야 하나, 어디로 가야 하나, 좀 부담스러운 느낌이다. 사실 두 건물은 하나로 연결되어 있다.

왼쪽 건물에는 매표소가 보이고, 그 옆으로는 기획전시실과 어린이박물관, 사무동, 교육관 등이 있으며, 오른쪽 건물에는 상설전시관이 있는 전시동이 있다. 상설전시관과 어린이박물관은 관람료가 없다. 상설전시관에 전시된 만 여 점이 넘는 유물은 모두 무료로 관람할 수 있다. 1층 로비에 있는 보관함에 외투와 가방을 넣고 나면 몸도 마음도 홀가분해진다. “자 이제 시작해볼까!”, “오늘은 어디로 가볼까?” 하며 혼잣말을 할 때의 그 가벼운 설렘이 좋다. 큰맘 먹지 않고도 슬렁슬렁 찾아올 수 있는 곳이 이곳이다.

상설전시관으로 들어오면 먼저 넓은 원형의 공간인 로툰다(rotunda)가 나온다. '으뜸홀'이라고도 불리는 이곳에서 정면을 바라보면 199미터나 뻗어나간 긴 복도가 있고, 그 좌우로 총 6개 전시관과 42개의 전시실이 3개 층에 나뉘어 흩어져 있다.

이 기다란 복도 끝에는 박물관에서 가장 큰 전시품인 개성 경천사지 십층석탑이 서 있다. 높이 13.5미터의 압도적인 규모로, 박물관을 방문한 사람들에게 가장 기억에 남는 전시품을 물으면 1등을 놓치지 않을 만큼 그 위용이 대단하다. 대부분의 관람객은 이 탑 앞에서 사진을 찍는다.

고려시대인 1348년에 세워진 경천사지 십층석탑은 서울에서 차로 가면 한 시간도 걸리지 않는 개성 근처의 개풍군에 있었다. 일제강점기인 1907년 일본으로 무단 반출되었다가 다시 찾아와 경복궁에 복원되었다가 박물관을 이전하면서 옮겨왔다. 총 144개의 부재를 쌓아 만든 이 탑은 지붕, 처마, 기와 등 목조 건축물의 형태를 잘 표현하고 있으며, 탑에 남겨두고자 했던 이야기를 각 면에 부조로 새겼다. 비와 바람, 계절 변화로 산화된 탑은 10년간의 복원과 보존 작업을 거쳐 실내에 세워졌다.

이 탑에 동아시아에서 가장 오래된 서유기의 완전한 도상, 현장법사와 손오공의 테마가 새겨져 있다는 사실을 아는 이는 많지 않다. 마모되어 희미해진 탑의 스토리는 최근 미디어 파사드로 재현됐다. 미디어 파사드는 말 그대로 미디어와 건물의 외벽을 뜻하는 파사드가 합성된 것으로, 탑의 외면을 스크린 삼아 영상을 투사하는 것을 일컫는다. 700여 년 전에 세워진 탑이 21세기의 과학 기술을 만나 새로운 현재를 만든다. 해가 진 저녁, 수요일과 토요일 밤에 놀러 온다면 진화하는 박물관을 만날 수 있다. 우리는 여전히 과거와 현재, 그리고 미래를 연결하는 길을 찾는 중이다.

탑을 향해 뻗은 전시동의 긴 통로를 '역사의 길'이라고 부른다. 이곳에 서서 위를 올려다보면 천장에서 내려오는 빛이 벽을 타고 은은하게 퍼지는 게 보인다. 경천사지 십층석탑 방향을 바라보며 섰을 때 오른쪽으로는 구석기, 신석기실에서부터 청동기·고조선, 부여·삼한, 고구려, 백제, 신라실까지 이어지고, 왼쪽으로는 통일신라, 발해, 고려, 조선, 대한제국실이 있다.

이 역사의 길을 걷다 보면 시간이 흘러도 사라지지 않도록 돌에 새긴 마음을 만나게 된다. 통로 왼편에는 해와 달을 손에 든 아수라를 비롯해 불법을 수호하는 여덟 명의 신을 새긴 석탑의 기단부 부재가 있다. 애초 힌두교의 신이었지만 불교에 귀의한 후 부처의 설법이 있는 곳이라면 꼭 참석하는 이들로 팔부중이라고도 부른다. 이 길의 정 가운데에는 통일신라시대 이름난 승려였던 원랑선사의 일생을 기록해놓은 탑비가 있다. 9세기 통일신라 말 정치적으로 혼란스럽던 시기 교학과 이론보다 스스로의 깨달음을 중시하는 선종(禪宗)이 전국 곳곳에 뿌리를 내리고 있었다. 아홉 명의 스님이 전국 아홉 곳에 사찰을 짓고 새로운 가르침을 전했고, 원랑선사가 일으킨 새로운 바람은 월악산 월광사터에 탑비로 남았다. 2020년 6월 BTS가 유튜브로 전 세계 졸업생에게 '우리도 아직 서툰 20대'라며 격려와 축하의 메시지를 보냈는데, 그 장소가 바로 이 원랑선사의 탑비 앞이다.

상설전시관은 기획전시실이나 특별전시실만큼 중요한 공간이다. 한 번도 안 와본 사람은 있어도 한 번만 와본 사람은 없다. 한 번에 다 볼 수도 없지만, 그렇게 할 필요도 없다. 상설전시관은 내가 어떤 취향의 사람인지를 파악하기에 좋은 곳이다. 내 자신이 문자로 역사를 기록하기 이전 시기에 더 끌리는지, 아니면 문헌 기록과 유물을 연결 짓고 맥락을 파악해 알아낸 정보가 더 흥미진진하게 다가오는지 판단할 수 있다. 평면적인 메시지가 좋은지, 그보다는 입체적이고 부피감 있는 유물이 취향인지, 화려하고 세련된 정교함에 매료되는지, 고요하고 소박하면서도 잔잔한 것에 끌리는지를 확인하면서 나는 어떤 사람인지 가만히 생각해볼 수 있다. 이 귀한 시간을 숙제하듯 해치워버리면 너무 아깝다.

중박의 상설전시관은 총 3개 층으로 이루어져 있다. 역사를 통사적으로 이해하기 위한 공간은 주로 1층에 있다. 주말이면 이곳은 학습지를 손에 든 학생들이 무리지어 이동하며 재잘거리는 소리들로 채워진다. 박물관을 한국사 학습 공간으로 바라보는 대부분의 부모가 아이들이 역사를 시대순으로 이해할 수 있도록 이곳에 보낸다. 1층은 관람객 밀도가 제일 높아서인지, 전관을 통틀어 진열장을 유지하고 보수하고 청소하는 데 제일 손이 많이 간다.

2층과 3층은 조용히 유물을 감상하고 싶어 하는 사람에게는 최적의 장소다. 마니아층이 주로 찾는데, 어떤 시간으로 여행을 할지 테마를 선택할 수 있다. 이곳에는 조선시대 옛 그림과 불교회화, 목칠공예실이 있는 서화관, 불교조각과 도자기, 금속공예가 있는 조각·공예관, 누군가의 소장품이던 유물이 모여 있는 기증관이 있다. 조용히 머물고 싶을 때, 머릿속이 복잡할 때, 이곳에 오면 쾌적하고 고요한 공간에서 시간을 보낼 수 있다.

비가 올 때는 2층 전시실 제일 끝에 있는 목칠공예실이 좋다. 한옥을 재현한 사랑방을 따라 돌면 용산공원의 경치가 한눈에 들어온다. 나는 머리가 아플 때면 3층 도자공예실을 찾는다. 사물의 형체를 형상화한 상형 청자를 무심히 바라본다. 흙을 구워

유약을 입힌 원숭이, 향로를 받치고 있는 토끼와 눈을 맞추고 온다. 그래도 마음이 편안해지지 않으면 불교조각실에 간다. 언제든 우리를 기다리는 이가 있다는 걸 생각하면 마음이 든든해진다. 한자리에서 미동도 표정 변화도 없으면서도 나는 당신의 기분을 이해한다는 듯한 분위기를 풍기는 유물들 앞에서는 뭐라도 말할 수 있을 것 같다.

3층에는 세계문화관이 있다. 2005년에 만든 아시아관을 개편한 곳으로 국외의 다양한 문화를 무료로 관람할 수 있다. 이집트실, 중앙아시아실, 세계무역도자실 등 전 세계 다양한 문화를 편안하게 상설전시로 관람할 수 있도록 기획했다.

전시품은 시간에 따라 달라진다. 코로나로 인해 국내외 여행이 쉽지 않은 상황이지만 박물관에서는 온갖 두려움을 뚫고 먼 길을 항해한 이들, 인류가 이어온 미술의 흔적과 세계의 문화를 만날 수 있다. 멀리 떨어져 있고 또 고립되어 있을수록 연결하고픈 바람은 커지기 마련이다. 이런 상황에서 얼마나 친밀하게 서로 연결될 것인가가 새로운 화두로 떠오른 시간을 우리는 관통하고 있다.

국립중앙박물관에는 총 네 곳, 각 층마다 카페가 있다. 처음 박물관에 왔다면 꼭 안내 지도를 받아 전시실이 어떻게 구성되어 있는지를 확인하고 실별 안내만큼이나 카페 위치를 기억해

두기 바란다. 이제부터 박물관에서 시간을 보낼 것임을 스스로에게 알리고, 피곤하면 저기 카페도 들를 거라고 자신에게 말해보자. 전시실을 어슬렁거리다 이제 좀 앉아 있고 싶다 하는 마음이 들면 카페를 찾는다. 가만히 앉아서 그때까지 눈에 담은 아름다운 것을 온전히 내 안에 배어들게 해보는 느낌이 좋다. 음악을 들으며 차를 마시고, 떠오르는 생각을 적어보기도 하고, 가방에서 책을 꺼내 몇 장을 넘겨본다. 나른한 날이라면 전시를 보기 전에 1층 카페부터 들러도 좋다. 날씨가 좋다면 야외 테라스에서 호수를 바라보며 차 한 잔 마시면 어떨까. 마지막으로 이렇게 멍하니 앉아 있던 때가 언제였더라 꼽아보기도 하면서.

박물관은 자신을 다독이고 마음을 채울 수 있는 공간이다. 너무 많은 질문에 답하다 자신을 잃어버린 것 같을 때 나는 전시실로 간다. 지치고 힘든 순간을 마주해야 할 때, 일상으로부터 멀리 도망가지 않아도, 가까운 곳에서 그다지 어렵지 않게 한숨 돌리고 쉴 수 있는 방법이 있다면 안심이 된다.

3층

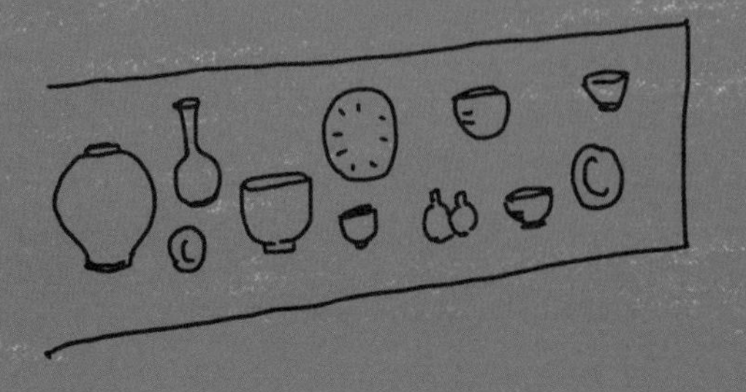

2층

한때 누군가의 소장품이었던
유물이 모여 있는 조용하고 쾌적한 공간

1층

통일신라 → 발해 → 고려 → 조선 → 대한제국
역사를 통사적으로 이해하기 위한 공간

으뜸홀부터
시작해볼까요?

역사의 길

선사 고대관
구석기 → 신석기 → 청동기 → 삼국시대 → 신라

비가 올 땐 나무 향이 나는
목칠공예실

경천사지 십층석탑

박물관 정원 예찬

박물관의 야외 정원은 계절의 변화를 오롯하게 느낄 수 있는 매력적인 장소다. 호수를 따라 혹은 대나무 길을 따라 곧바로 전시실로 들어가는 대신 정원을 걸으면 많은 사람이 아껴 찾는 다양한 산책로를 만날 수 있다.

야외 정원에서 통일신라시대와 고려의 승탑을 지나 걷다 보면 꺼지지 않고 불을 밝히던 개성 현화사 석등이 나온다. 맨 꼭대기에 금강저를 이고 있는 당당한 석등을 지나면 길은 백송이 있는 곳으로 이어진다.

조선시대 종로의 보신각에 걸려 아침저녁의 시간을 알리고 1985년까지 제야의 종으로도 사용되던 보신각동종은 이제 박물관에서 은퇴 후의 시간을 보내는 중이다. 겨울을 보내고 가장 먼저 꽃을 피우는 매화나무는 옛 보신각동종이 걸린 종각 뒤편에 있다. 이곳을 지나 대나무 숲의 오솔길에 접어들어 동료 H가 속

칭 '국기에 대한 경례 불상'이라고 부르는 약사불을 만날 수 있다. 가끔 이곳에서 걸음을 멈추고 두 손을 모은 이들의 뒷모습을 볼 때면 방해하지 않게 살금살금 지나가곤 했다. 어떤 병도 고쳐주는 약사불은 얼마나 많은 목소리를 기억하고 있을까.

자작나무와 이팝나무를 지나 박물관 주변을 산책하다 보면 들려오는 소리와 눈에 들어오는 풍경이 하루도 같은 날이 없다. 야외 정원은 한때는 수선화 동산을 이루다가도 모란과 작약 정원이 된다. 함박꽃밭이 한창이었다가 금세 배롱나무꽃이 여름의 시작을 알리며 흐드러지게 피어난다. 누가 바라봐주지 않아도 모든 하루는 나름의 눈부심을 가지고 있다. 연못에 수련이 피고 질 무렵이 되면 소나무 숲길과 갈항사탑 주변으로 꽃무릇이 자기 차례임을 알린다. 모과가 익어가고 억새와 단풍의 계절이 지나면 눈 내리는 겨울 정원이 찾아온다. 어느 날 박물관의 문을 열고 바깥으로 나서면 오대산 어디쯤에 와 있는 기분을 느낄 때도 있다.

나는 정원에서 박물관 건물을 바라보는 시간이 좋다. 꽃과 나무, 새와 구름, 어떤 것도 하나의 계절에 멈춰 있지 않고 또다시 돌아오리라 생각하면 마음이 든든해진다. 나를 긴장하게 했던 시간, 부글부글 끓어올라 속을 다치게 했던 일들, 외롭게 했던 시간을 산책길에 던져두거나 멀리 보이는 구름에 실어 보내고

나면 조금은 홀가분해진다. 걷다 보면 서서히 다리에 힘이 생기고, 별일이던 일이 나에게서 떨어져 훌훌 날아가는 모습을 본다.

우리는 자주 100미터 트랙 출발선에 서 있었다. 앞을 노려보며 '잘해야겠다' 결심하며 주먹을 꽉 쥔 채 힘껏 달려야 할 것 같았다. 어느새 "바쁜 일 잘 마치고 봐요"라는 인사에 꽤 익숙해져 있었다. 하지만 그 트랙을 벗어나면 또 다른 트랙이 기다리고 있었다. 새로운 공기로 몸을 채우며 걷다 보면 결연한 다짐보다 아늑하고 밝은 별 아래서, 따뜻한 온기에서 앞으로 나아갈 힘을 얻는다는 걸 알게 된다. 기대했던 만큼 나아지지 못해 힘들었다는 푸념과 고단함을 들어준다. 정원의 나무가 항상 그 자리에 멈춰 있는 것 같지만 사실은 부지런히 살아왔듯이, 우리 역시 드러나지 않지만 그랬을 거라고 격려해줘야 할 때가 있다.

박물관 정원에서는 긴장을 풀고 멍하니 있거나 고민을 내려놓고 천천히 걸을 수 있다. 대기의 온도를 느끼고 냄새를 맡고 시야에 들어오는 주변의 빛깔을 바라본다. 우리는 어디 안 가고 여기 있을 테니 어서 오라며. 매 순간 마주했을 긴장을 풀고 거닐어 보자고. 어쩌면 당신을 기다렸을 유물이 해주고 싶어 한 말일지도 모른다. 대나무 사이로 흔들리는 바람을 올려다보고, 호수를 지나쳐 멀리 남산을 바라보는 당신을 상상해본다. 박물관을 나설 때 바라볼 햇살이 여느 날과는 다르게 다가왔으면 좋겠다.

2

시간 여행자를 위한 큐레이팅

만약 당신이 큐레이터라면

전시 공간을 꾸민다는 것은 독립을 꿈꿀 때, 새로 이사해 가구 하나 없는 빈방을 꾸며야 할 때를 상상하는 것과 비슷하다. 다만 알 수 없는 익명의 사람들을 위해 공간을 준비한다는 점이 다르다. 만약 당신이 큐레이터이고 가상의 전시실이 주어진다면, 어떤 공간을 만들고 싶어 할까.

눈에 보이지 않는 세계에 대한 호기심은 박물관 큐레이터들의 공통된 정서 중 하나다. 큐레이터들은 지금 우리가 발 딛고 선 땅 아래 그 심층으로 들어가 청동기, 신석기, 삼국시대와 같은 고대의 마을을 만난다. 거기서 나온 녹슨 검에 희미하게 남아 있는 글자를 보면서 사라진 획을 추측하고 이 검을 손에 들고 전장을 누볐을 누군가를 상상한다.

전시 공간의 주인공이 되는 유물은 갑작스럽게 발굴되어 모습을 드러내기도 하지만 오랜 시간 여러 곳을 여행하다 박물관으로 오기도 한다. 유물이 경험한 시간과 사라진 사연을 찾아내어 이야기를 복원하는 즐거움은 연구실에서 보낸 지루한 시간의 대가로 얻어진다.

연구실에서 계절을 보내다 보면 나만 홀로 현실과 동떨어진 채 살고 있다는 낯선 감정을 느끼게 된다. 바깥세상은 봄인데 혼자만 눈보라 치는 길을 걷고 있거나 아무도 없는 곳에 혼자 있는 기분이다.

슬럼프는 걸핏하면 찾아온다. 터널 너머로 어렴풋이 빛이 보이는 상황에 이르기까지 받아들여야 할 것들이 만만치 않다. 현실을 잊고 몰입하며 본 영화가 끝나고 상영관 바깥으로 나올 때 맞닥뜨리는 눈부심, 그 낯섦에 적응하는 것과 비슷하다.

하지만 그 어떤 경우든 과거의 유물과 만나는 순간은 우연히 눈이 마주치거나 같은 것을 바라보며 미소로 공감할 때처럼 투명하고 아름답다. 천 년 전에도 같은 것을 바라보았을 누군가의 시선과 그 시선의 끝이 향했을 감정을 공유할 수 있기 때문이다. 느낌의 세계에서 우리를 만날 수 있게 하는 것이 유물의 힘이다. 시간과 공간을 넘어 실존했던 존재를 만나는 순간은 마치 마법의 시간 같다. 그 짧지만 강렬한 순간을 잊지 못해 과묵한 유물에게 말 걸기는 계속된다. 내가 느낀 기분을 다른 이들에게도 전하고 싶어진다.

사람들이 전시에
실망하지 않을까?
오늘 나
어때 보여?
전시는 뭘까?
우리 담당,
왜 이리 심각해?
사람들이
안 올까 봐
그렇지
우리를
보러 올까?
사람들을
어떻게
몰입하게
할까?

사물을 보고 분별하는 힘을 안목이라고 한다. 큐레이터에게 유물을 본다는 것은 알아본다는 의미다. 유물이 진짜인지, 어느 시기에 만들어진 것인지 판단하고 역사적 상황과 사물의 가치를 알아보는 것이다. 작품을 선정하는 안목은 전시의 수준에 영향을 미친다. 큐레이터는 유물의 물질적 특성을 이해하고 사물의 가치를 구별하는 감식안을 키우기 위해 노력한다. 전시 작품을 선정할 때는 담당자의 연구, 조사, 판단 외에도 내외부 전공자의 협업이 필요할 때가 많다. 전시하고 보존하는 과정을 거치면서 어느 한쪽으로 치우치지 않는 균형 감각을 갖춰나간다.

어떤 전시 주제를 맡든지 간에 큐레이터에게 '연결'은 중요한 관심사다. 어찌 보면 공부하는 이유뿐 아니라 살아가는 이유도 자신만의 관점을 만들어가는 과정이다. 정해진 답이 없다는 것도 비슷하다. 위대한 예술은 매번 새롭게 태어난다. 유물 앞에 오래 서 있는 이들이 무엇을 경험할지는 단정할 수 없다. 전시를 기획한 이의 관점이나 의도에 갇히지 않는 만남의 자리를 기대한다. 단지 사라지지 않고 오랜 시간을 건너 우리에게 와준 고마움을 담아 유물의 의미가 미래의 누군가에게 닿을 수 있도록 노력할 뿐이다.

안 보면 손해

당신이 가장 최근에 본 영화는 무엇인지, 평소 영화 선택할 때의 기준은 어떻게 되는지 궁금하다. 장르를 보고 고르는지, 좋아하는 감독이나 배우의 작품은 놓치지 않고 찾아보는지. 그렇다면 전시에 대해서는 어떠한가? 기억에 남는 전시가 있는지, 있다면 왜 그 전시를 보았을까? 사실 이 질문에 답을 할 수 있는 사람은 소수일 것이다.

전시를 찾아보는 사람들은 영화를 즐기는 인구와는 비교가 되지 않을 만큼 적다. 좌석 번호에 맞추어 그저 앉아 있기만 하면 되는 영화관과 달리 박물관을 '간다'는 행위는 훨씬 적극적인 의지를 필요로 한다. 전시장 사이를 걸으며 작품을 보거나 패널의 글을 읽거나 오디오 가이드를 듣는 등 어떤 방식으로 전시를 관람하든 간에 영화 같은 극적인 전개나 몰입감은 없다. 누군가에게는 전시회 관람이 그저 다리가 아픈 일일 수도 있다.

하지만 선입견을 내려놓으면 전시를 보는 일이 꽤 근사하다는 것을 알게 된다. 관람은 어떻게 해야 한다는 규칙이 많지 않고, 또 어떤 전시실을 볼지 선택하거나 순서를 정하는 것도 자신의 의지와 끌림대로 할 수 있다는 장점이 있다.

박물관에서 개최하는 특별전은 전시 주제와 출품될 전시품에 대한 정보를 어느 정도 파악한 후 선택할 수 있다. 첫 대면의 인상과 느낌을 생생하게 느끼기 위해서 스포일러가 될 만한 정보를 일부러 읽지 않고 찾아오는 이들도 있다. 개인적으로는 나도 이 부류에 속한다. 직업상 전시가 개막하기도 전에 이웃 박물관의 올해의 전시, 대망의 전시 등에 대한 정보를 미리 알게 될 때가 더 많지만, 이미 다녀온 사람이 올린 글이나 사진은 가능한 한 찾아보지 않는다.

특별전 기획 과정에 대규모 기획사가 관여하면 홍보 마케팅 비용이 많이 투입되어 그 영향력도 매우 커진다. 일반 상품 마케팅과 크게 다르지 않다. 정말 놓치면 안 되는 전시인지 아닌지는 전시 제목이나 마케팅에 혹하여 선택하기보다 전시 기획의 성격과 작품의 수준을 함께 고려하면서 판단하는 게 좋다. 블록버스터급 영화가 주는 재미도 있지만 적은 예산으로 만든 독립영화에서 잊을 수 없는 감동을 경험하기도 한다. 규모가 작더라도 감동을 주는 전시가 있는데, 이를 결정하는 것이 바로 큐레이터의 기획력이다.

소장품에 기반한 전시인지, 아니면 주제와 기획에 맞춰 여러 기관에서 유물을 차용한 전시인지도 전시 관람을 결정할 때 중요한 판단 기준이 될 수 있다. 어느 한 기관의 소장품을 특정 주제에 맞춰 재구성한 기획 역시 항상 볼 수 있는 전시가 아니다.

전시실 입구에 적힌 '전시를 열며'나 '프롤로그'는 읽고 들어가면 좋다. 전시장에 배치된 리플릿은 기획자가 이 전시를 통해 말하고 싶은 메시지를 요약한 글이니 눈여겨보기를 추천한다. 이런 글들을 통해 기획 과정에 얽힌 숨겨진 이야기를 알게 되면 전시의 맥락이 더 잘 보인다.

다양한 국내외 기관과 개인 소장가에게서 유물을 대여한 전시라면 어떤 주제를 기획했기에 이 작품들이 한자리에 모였는지 궁금증을 갖고 보면 좋다. 그래서 큐레이터의 의도는 성공적인가. 추리하면서 전시를 보면 동선을 따라 걷는 재미가 더 커진다.

가격 대비 효용을 뜻하는 이른바 '가성비'라는 용어가 언젠가부터 흔히 쓰이고 있다. 그런데 전시도 가성비를 기준으로 봐야 할까? 경제성이나 효율성 또한 전시 관람의 기준이 되어야 할까? 하나의 기획전을 마련하는 데 드는 전시 비용은 전시 주제와 규모에 따라 그야말로 천차만별이다. 적게는 1억 원 미만의 비용에서 많게는 10~20억 원의 비용이 하나의 전시를 만들기 위해 사용된다. 지출되는 비용의 항목도 다양하다. 유물 운송료, 보험료, 조사 연구비, 전시 공간 공사와 연출, 도록 제작에 수반되는 촬영, 인쇄, 발간비, 리플릿과 포스터 등 홍보 자료 제작비, 초청비, 개막식 같은 행사 진행 경비 등이 공통적으로 사용된다. 여러 국내외 기관에서 소장품을 대여한 경우에는 전체 예산 중 운송료와 보험료 비용이 차지하는 비중이 크다. 전시를 개막한 이후에도 전시실 운영 경비, 대중강연과 전문가 특강 같은 학술 행사, 그리고 홍보비 등이 지출된다.

총 전시 기간 대비 관람객 수를 대입하여 관람객 1명당 투자된 비용, 업계에서 이른바 '객단가'라고 부르는 금액이 나온다. 국립중앙박물관의 전시는 그야말로 객단가의 최고점이라고 할 수 있다. 전시를 만드는 입장에서는 '안 보면 손해인데' 하는 마음이 저절로 생겨난다.

국립중앙박물관의 상설전시관은 무료인 대신 대부분의 기획전과 특별전은 관람료가 있다. 상설전시관의 전시품과는 어떻게 다르기에 입장료를 받는가 하는 의문을 가져본 적이 있는지 모르겠다. 국립중앙박물관에서 마련한 기획전은 전시당 객단가가 입장료의 두세 배 이상일 경우가 많다. 특별전을 기획하는 큐레이터는 관람객의 입장에서 티켓 비용을 생각할 수밖에 없다. 무료 상설전시 공간이 있음에도 별도로 관람료를 지급한 사람들을 실망시키지 않아야 하기 때문이다. 왜 이 전시를 봐야 하는가? 사람들은 어떤 의지로 티켓을 사는 걸까? 어떻게 해야 더 많은 사람이 전시를 보러 올까? 질문을 던지고 생각하는 과정에서 좋은 전시를 만들어야 하는 이유도 형태를 잡아나간다.

관람객을 초등학생에서부터 전문가 그룹까지 폭넓은 층으로 상정하고 '무엇을 전달하고 싶은가'를 생각하면 막연해질 때가 많다. 이럴 때는 이곳에 누구와 왔을까를 상상하며 방문한 이들이 좋아할 요소를 숨겨두기도 한다. 학부모와 아이를 위한 공간을 배치하거나 친구와 함께 온 관람객 또는 커플이 쉬어갈 수 있는 의자를 준비한다거나 이들이 맘에 들어할 만한 굿즈를 기획하는 식이다. 관람객의 수준을 너무 얕잡아보거나 너무 높게 잡지도 않아야 한다. 지루하거나 질리는 느낌 없이 관람할 수 있는 수위 조절이 중요한데, 말처럼 쉬운 일은 아니다.

역사를 주제로 한 전시를 준비하면서 내가 가장 고민하는 타깃층은 20~30대 관람객이다. 전시 준비 때마다 한국인이라면 꼭 봐야 할 전시를 만들어보자고 의기투합하지만, 과연 '우리'를 하나로 묶을 개념이 있을까, 스스로도 의아한 마음이 든다. 민족 혹은 공동체는 오랜 세월 함께 생활하면서 언어와 문화, 공통된 설화와 기억을 공유하지만, 상대적이고 애매한 개념이기도 하다. 매번 맡게 되는 주제에 따라 당연히 준비 과정과 고민의 출발점이 다르지만, 이상하게도 같은 지점에서 멈추게 된다. 서로 다른 모양의 조각에서 공통 요소를 찾아내기, 그 다름에서 우리가 어떻게 연결되어 있는지를 담는 것, 전시는 내게 언제나 큰 숙제다.

박물관은 우리 안에 잠자고 있는 호기심이라는 세포를 깨우기에 좋은 공간이다. '오늘은 어떤 새로운 만남이 기다릴까?', '슬슬 한번 가볼까?' 하고 당신이 조금은 쉽게 마음을 내어주기를 기대하며, 우리는 오늘도 전시를 준비한다.

전시 주제는 어떻게 탄생하는가

직원들이 근무하는 사무동 중앙 로비에는 두 대의 엘리베이터가 운행 중이다. 한 대는 모든 층에 서고, 다른 한 대는 에너지 절약을 위해 몇 개 층에만 선다. 그러다 보니 출근 시간과 점심시간에는 늘 엘리베이터가 만원이다. 직원을 꽉 태운 엘리베이터가 올라가다 말고 덜컹거리는 소리를 낸다. 가장 뒤쪽에 서 있던 C가 혼잣말처럼 읊조린다.

"차라리 이대로 엘리베이터에 갇혀 있으면 좋겠어요."

C는 오픈이 얼마 안 남은 전시 담당자다. 좁은 공간에 붙어선 큐레이터들은 C를 돌아보지도 않고 고개를 끄떡인다. '지금 그 단계에 돌입했군.' 서로 말하지 않아도 다 안다. 평소 다소 과격한 한 선배가 이내 정적을 깬다. 자신은 차에 치였으면 좋겠

차라리 이대로
엘리베이터가
멈췄으면...
이건
꿈일 거야
도망가고
싶다
전시
주제를
공모합니다.

다고 생각했단다. 많이 다치지는 말고 개막일 지나 퇴원하는 시나리오로. 뒤의 문장은 낮게 웃으며 말했다. 모르는 사람이 들으면 이 사람들 정상인가 경악할 수도 있는 이상한 대화가 차분한 어조로 이어진다. 그렇게 도망가고 싶은 순간이 온다. 눈을 뜨면 모든 전시가 다 준비되어 있는 미래의 시간으로 건너뛰고 싶어진다.

국립중앙박물관에서는 대규모 기획 전시에서부터 특별전, 상설전시를 심화한 크고 작은 전시 등 다양한 전시가 진행된다. 2005년 용산으로 이전해 2006년부터 개최한 기획전과 특별전은 100여 회가 넘고, 상설전시관에서 진행된 테마전도 200회에 달한다. 전시품이 교체되지 않는 전시실도 있지만, 유물이 정기적으로 교체되는 전시실도 있다. 상설전시관의 1층 조선실, 2층의 서화실과 불교회화실, 3층의 중앙아시아실과 일본실이 대표적이다. 유물을 교체 전시하는 까닭은 관람객에게 다양한 유물을 선보인다는 의미도 있지만, 공개 기간과 휴지 기간을 지켜 유물을 안전하고 오래도록 보존하기 위해서다. 그림과 서예를 전시하는 서화실을 예로 들면, 지류와 직물로 만들어진 대부분의 서화는 유물의 속성 때문에 적정한 빛의 밝기와 공개 가능한 적정 시간이 정해져 있다.

국립중앙박물관에서는 전시를 보다 효율적으로 기획하기 위해 내부에 '전시준비위원회'와 '전시운영위원회'라는 두 개의 심의 절차를 운영한다. 창의적인 전시 주제를 발굴하고 큐레이터의 역량을 키우는 일, 발령과 인사이동의 변수에도 안정적인 전시 운영 시스템을 갖추는 일은 모두 박물관의 주요 과제다.

전시를 하기 위해서는 먼저 주제를 선정해야 한다. 전시 주제는 큐레이터가 진행하고 싶은 전시 기획안을 제출하면 이를 내외부적으로 검토하여 정한다. 제안자인 큐레이터가 전시 주제와 목적, 방향성, 대표 작품, 타깃층, 관람객 목표 등을 정리해 프레젠테이션하고 참석자의 질의응답 절차를 거치면 올해, 혹은 이듬해의 전시가 선정된다.

전시 중에는 자체 기획 외에도 국내외 기관과의 연합전, 외부 기획사의 큐레이팅을 가지고 와 전시하는 일종의 대관전도 있다. 또 국외에서 전시한 적 있는 유명 전시를 국내로 가지고 와 공개하는 투어링 전시도 있다. 투어링 전시라 하더라도 전시 공간을 그대로 옮겨오는 것이 아니라 내부 큐레이팅을 통해 국내 사정에 맞추어 재구성하는 과정을 거쳐야 한다. 또 지역 사회에서 네트워크 강화를 위해 공동 주최하는 전시도 있다. 이를 '지역전'이라 부르는데, 지역 주민의 관심사나 문화적 전통이 전시 주제를 결정하는 데 영향을 미친다. 지역전은 시·군·도의 지자체나 문화재연구소, 발굴 기관과 협업으로 개최하는 경우가 많다. 그간의 발굴 유물을 모아 공개하는 발굴성과전이나 각 기관의 소장품을 모아 특정 주제를 재편성하는 전시도 있다.

큐레이터 개인의 기획과 별개로 진행하는 전시도 있다. 왕조의 변화, 주요 역사적 사건의 ○○주기, 위대한 작가의 '탄생 ○○주기', '서거 ○○주기'와 같은 전시가 이에 해당한다. 역사적으로 기념할 만한 일이나 시의적 주제는 박물관 큐레이터라면 피해갈 수 없는 숙명이다. 자신의 기획 주제로 전시를 안 해본 큐레이터는 있어도 이런 전시를 안 해본 큐레이터는 없다. 시의적 주제를 맞닥뜨릴 때면 기념할 일은 왜 이리도 자주 돌아오는지 우리끼리 푸념하기도 한다.

떨어진 전시의 경우 준비 기간이나 기획할 여지가 많지 않다는 점에서 더 어렵다. 이런 전시일수록 무엇보다 '지금, 여기'에 주안점을 두고, '왜 이 주제인가' 하는 질문을 던진다. 이 전시를 해야 하는 당위성을 스스로에게 납득시키기 위해 노력하며 현대적 의미를 되새긴다. 자신을 설득하지 못하는데 어떻게 관람객을 설득할 수 있겠는가. 전시 기획의 과정은 어느 순간 설득과 변론의 자리가 되기도 한다. 배후 사정이 각양각색인 전시들은 그 종류와 태생의 차이만큼 의도하는 점도 제각각이다.

구성원의 전공, 연구 성과에 따라 선정된 주제도 있다. 연구를 통해 새롭게 의미를 찾아낸 학술적인 전시를 기획할 수 있다는 것은 학예직에게 영예로운 일이다. 운 좋게 그런 전시를 할 수 있었다 해도 관람객 수나 관람객의 평가 같은 지표는 전시를 준비하는 큐레이터에게 숙제다. 언제가 되면 숫자에서 자유로울 수 있을까.

큐레이터는 올라운드 플레이어

서울뿐 아니라 소속 박물관까지 포함해 모든 큐레이터를 대상으로 전시 공모를 할 때가 있다. 그런데 생각보다 참여 인원이나 신청률이 저조하다. 여러 이유가 있겠지만, 특별전을 기획하는 일이 성취감보다 자신을 탈탈 털어 보이는 일이 될 것이라는 두려움 때문일 수 있다. 기획은 아이디어만으로 만들어지지 않는다. 좋은 주제여도 그것을 구체화하는 과정은 지극히 어렵고 험하다.

편안한 일상을 포기하고 오랫동안 준비한 기획이 어느 순간 '누구라도 할 수 있는 일'이 되는 것을 경험해서인지도 모른다. 구조적으로는 순환 근무의 제약이 큰 몫을 한다. 해보고 싶은 기획안을 제출했는데 인사 발령 시즌에 걸려 생각지 않은 곳으로 이동해 전혀 다른 업무를 해야 할 때가 있으니 선뜻 지원하지 못하는 것일 수도 있다.

국립중앙박물관 학예직으로 사는 일의 어려움은 생각보다 구체적이다. 국공립학교 교사처럼 학예직도 일정한 근무 연수가 지나면 인사 발령으로 소속이 바뀌는 순환 근무를 한다. 차이라면 교사들은 순환 지역이 권역 중심이지만 학예직은 13개 소속관을 대상으로 한 전국구라는 점이다. 소속관이 없는 국립민속박물관이나 한글박물관, 공사립박물관에는 없는 제도다. 담당 업무가 웬만해서 바뀌지 않는다면 그 분야의 업무 능력, 특히 큐레이터로서의 경험과 소양을 축적하기에 더 유리할 것이다. 그나마 순환 근무의 장점을 꼽으라면 각 박물관마다 다양한 업무를 접할 수 있다는 것이다.

해외 다른 박물관과 협업을 하다 보면 일정 기간마다 담당자가 계속 바뀌는 우리의 방식을 그쪽 담당자들이 의아해하는 경우를 많이 접한다. 사실 단기적인 과제와 업무를 하는 데에는 문제가 없다. 하지만 장기적인 조사 연구 계획을 수립하거나 오랜 신뢰에 기반해 이해도를 높여나가야 하는 공동 기획전을 준비할 때는 아무래도 어려움이 따른다. 순환 근무는 개인의 삶과 일상, 가족의 생활에도 큰 영향을 미칠 뿐 아니라, 장기적인 전시 계획을 마련해야 하는 부서와 기관에도 변수로 작용한다.

순환 근무의 제약이 있더라도, 아니 그와는 무관하게 나는 후배 큐레이터들에게 평소 전시 기획 기회가 주어질 때를 대비해

나만의 '위시 리스트'를 만들어두라고 말한다. 자신이 기획한 주제를 전시에 올릴 수 있다는 것은 귀중한 기회이기에, 해보고 싶은 주제를 어떻게 보여줄 것인지를 미리 고민해놓으면 좋다. 발령받은 부서에서 현재 맡은 업무와 별도로 뭔가를 준비하고 소양을 키우는 일이 말처럼 쉬운 건 아니다.

'꿈도 꾸지 마, 해봤자 안 돼', '위에서 떨어진 전시만 하다 말걸' 하는 이들이 있다면 무시하라. '내가 해봐서 아는데'처럼 도움 안 되는 말은 없다. 해봐서 안다는 이유로 누군가의 의지를 꺾을 권리가 있는 건 아니다. 그럼에도 '아, 그러셨군요' 하며 귀 기울이는 건, 자신의 사정을 들려주고 싶은 마음에 비해 들려줄 기회가 많지 않았나 보다 싶어서다. 다행인 것은 자신의 시행착오를 다른 이들은 덜 겪게 하고 싶은 마음, 긴 고민의 터널을 어떻게 빠져나왔는지를 나누고 싶은 이들이 더 많다는 점이다. 혹 '한 번도 없던 전시를 만들어 모두를 놀라게 하겠어' 같은 소리가 내 안에서 들린다면, 이 또한 무시해야 한다.

한 사람의 큐레이터는 '올라운드 플레이어'가 되어야 할 때가 많다. 기획에 필요한 최소한의 시간이 있는데, 불가능을 현실로 가능하게 한 것은 자랑이 아니다. 매번 기록을 갱신하는 자신을 칭찬해야 할지, 큰 사고 내지 않고 얼렁뚱땅 무색무취의 무언가를 만들어내는 학예직이 되어가는 것은 아닌지. 이 모두를 스스로에게 책임을 물어야 하나. 내면이 복잡할 때도 있다.

도저히 혼자서는 해낼 수 없을 것 같다며 주저앉은 누군가를 일으켜 세우는 손이 있다. 자신을 앞세우기보다 좋은 전시를 만들기 위한 방법을 찾고 귀 기울이는 이들이 있다. 해보고 싶은 주제를 놓치지 말고, 질문이 사라지는 것을 당연시하지 말고, 큐레이션의 안목을 키우기 위해 노력하자. 지혜는 공유하는 공간에서 더 자라난다. 누구와 팀이 되더라도 내가 고민한 것을 공유할 수 있는 여유를 갖기를, 함께 성장하는 기쁨을 경험할 수 있기를 바란다.

전시 기획, 집을 짓듯이

건축에 대해 잘 모르는 문외한이면서도 전시 기획이 집을 짓는 것 같다는 생각을 가끔 한다. 아이디어 스케치가 설계 도면으로 옮겨 가고, 최종 하나의 건축물로 세워지기까지의 공정은 한두 사람의 힘으로 되지 않는다. 목적에 적합한지, 적절한 재료로 안전하게 구조화했는지, 그 안에 머무는 이에게 예술적 감흥과 정서적 요구를 충족하는지, 편리성과 유용성이라는 기능이 중요하다는 점도 공통된다. 완성되기까지 의도대로 되는 일과 의도하지 않은 일은 번갈아서 왔을 것이다. 일을 끝내고 우리가 만든 공간에 머무는 이들을 바라볼 때 느끼는 뿌듯하면서도 복잡 미묘한 감정도 비슷하지 않을까.

건축에서 기반을 잘 다져야 기둥이 단단하게 설 수 있는 것처럼, 전시 기획에서도 기반 다지는 일이 중요하다. 이를 위해 우선 해야 할 일이 바로 주제에 따른 자료 조사다. 박물관에서 일하다 보면 자신이 잘 아는 분야가 생각보다 명확하지 않다는 것을 깨닫게 된다. 그나마 조금 익숙한 분야나 시대, 유물이라고 해도 안다는 것과 전시로 구현한다는 것은 완전히 다른 얘기일 때가 많다. 전시 주제에 맞는 최적의 대상품을 선정하는 것은 어려운 일이다. 자체적으로 소장하고 있는 유물을 기본으로 조사하지만, 전시 완성도를 높이기 위해 다른 박물관, 미술관, 연구소, 발굴 기관의 유물과 개인 소장품 목록을 알고 있으면 좋다.

전시를 기획한다는 것은 글쓰기와도 유사하다. 간결하게 쓴 글일수록 읽기 편해 독자의 사랑을 받는 것처럼, 스토리 라인이 쉽고 명료한 전시가 더 많은 사람에게 다가갈 수 있다. 논문을 쓰듯 서론 – 본론 – 결론으로 구성된 전시, 심하게는 큐레이터의 의식의 흐름을 따르는 전시는 관람객이 따라가기가 쉽지 않다.

전시를 준비할 때 의외로 쉽게 무시할 수 없는 것 중 하나가 전시 동선의 전개다. 연대순 방식은 역사를 시간순으로 서술하는 편년체처럼 유물의 배치를 시간의 흐름에 기반해 전시하는 것을 말한다. 시간순으로 유물을 배치하면 관람 동선이 일견 자연스럽게 느껴진다. 지식이나 정보에 순서를 부여해 익히는 방식을 오랫동안 사용해왔기 때문이다. 하지만 전시된 유물이 역사의 흐름을 입증하는 단순 자료의 역할에 머물 가능성이 크다. 개별 유물 자체에 담긴 메시지와 존재 의미를 입체적으로 전달하는 것, 전시의 몰입감을 유지하며 지루해지지 않도록 해야 하는 점이 숙제다.

한편 인물 중심으로 역사를 서술하는 기전체 역사서처럼, 테마를 중심으로 전시를 기획할 수 있다. 이 경우 전시품의 선정이나 이야기 전개가 기획에 따라 다양하게 확장될 수 있다는 장점이 있다. 물론 구조상의 개연성이나 전시 공간의 연결을 관람객이 납득할 수 있도록 해야 한다. 그리고 동일한 그룹의 유물이 중복 출현하거나 전시 주제가 모호해질 수 있다는 단점을 잘 보완해야 한다. 전시를 기획할 때는 이런 장단점을 종합적으로 고려하여 스토리를 구상하고 전시 작품을 선정해야 한다.

작가들이 독자를 상상하면서 글을 쓰는 것처럼 큐레이터 또한 관람객을 상상하면서 전시를 기획한다. 어떻게 전시 공간을 꾸미고, 어떤 유물을 보여주고, 무엇을 얘기해야 할까를 고민하며 전시를 구상한다. 많은 사람이 보고 싶어 하는 전시를 만들려면 다른 사람의 마음을 느끼고 알아차리는 공감 능력이 필요하다. 이는 전시를 준비할 때 박물관 구성원의 학예 역량이나 전문성을 키우는 문제 이상으로 크게 다가온다.

재미있는 점은 사람을 알아보는 안목과도 비슷한 지점이 있다는 점이다. 자신과 비슷한 이의 장점은 잘 찾아내지만 자신과 다른 기량을 가진 이의 장점은 잘 찾지 못하는 것처럼, 유물의 경우도 자신의 기준만으로 평가하고 가치를 매길 때 놓치는 부분이 있다. 박물관에서 다양한 역할을 맡은 사람들의 의견을 듣고 종합하려는 것도, 이곳을 관람하게 될 미래의 누군가를 상상하며 그의 마음으로 전시실을 미리 거닐어보는 것도, 이런 오류를 피하기 위해서다. 유연함이란 참 중요하구나, 생각할 때가 많다. 나 혼자 정해진 동선으로만 움직일 때와 달리 누군가와 함께 걷는다 생각하면 늘 다니던 곳도 색다르게 보인다. 가보지 못한 곳, 평소와는 다른 낯설고도 새로운 풍경을 마주하게 된다. 상상이지만 함께한다는 그 느낌이 좋다.

프리뷰의 매력

여행을 떠나기 전 계획을 세울 때와 여행을 마친 후 회상할 때의 감상이 다른 것처럼, 전시 또한 마찬가지다. 기획안은 이정표일 뿐, 여행 그 자체는 아니다. 기획 단계에서 아이디어를 발전시키다 보면 전시도 마치 생명체처럼 진화한다는 느낌을 받는다. 화초에 물과 양분을 주며 키울 때처럼 큐레이터도 전시를 키워나간다. 뼈대를 튼튼히 하고 살을 붙이고 다듬으면서 기획을 구체화한다. 그 과정의 하나에 프리뷰가 있다.

프리뷰는 말 그대로 준비 중인 전시를 미리 보는 자리다. 각 부서가 준비하고 있는 전시의 기획과 구성을 비롯해 대표 작품, 타깃, 디자인안, 교육 및 행사 계획을 박물관의 여러 분야를 담당하는 이들 앞에서 발표해야 한다.

대부분의 발표자는 전날까지 자료 준비를 하느라 밤잠을 이루지 못해 푸석푸석한 얼굴일 때가 많다. 업무를 맡은 몇몇이 고민해온 주제를 박물관 내부인들과 나누는 자리이기에 늘 있는 회의나 발표보다 부담이 더 크다. 이 순간만큼은 담당자뿐 아니라 그 공간에 함께하는 이들 모두가 발표자의 고민 지점에 몰입한다.

프리뷰를 진행할 때면 내가 놓치고 있는 점을 알려주는 날카로운 동료의 코멘트에 종종 놀란다. '아 그런 측면이 있었지!' 뭔가 미진하다고 느꼈던 부분이 어디이고 무엇 때문인지를 누군가가 명료한 언어로 풀어줄 때는 후련함마저 느낀다. 다양한 관점에서 토론과 논의가 이루어진다는 점이 프리뷰의 진정한 매력이다.

고심의 흔적이 늘 참신한 아이디어와 기획안으로 만들어지는 것은 아니다. 전시 유물을 확보하기 어렵거나 예산의 한계에 부닥치거나 어떤 때는 변화무쌍한 국내외 정세에 영향을 받아 휘청이기도 한다. 까다로운 대여 조건과 이러저러한 물리적인 환경 등 주어진 상황만으로도 지칠 때가 있다. 전시가 어떤 방향으로 가야 하는지 길을 잃은 것 같을 때는 생각을 모으는 이 자리가 참 중요하다. 우리가 왜 이 전시를 하는지, 이 전시 안 보면 무엇이 손해인지를 설득하는 자리 말이다.

전시 프리뷰의 시간은 담당자의 시야를 열어주고 조금 다른 각도에서 생각하게 하는 기회다. 곁에 있는 이들은 무엇이 내 심장을 뛰게 했었는지, 왜 이 전시를 시작했는지, 내가 놓친 질문을 일깨워준다. 이후 여러 차례의 자문회의나 내부 포럼을 진행하면서 전시 구성안을 발전시켜 나간다.

전시에 몰입한 담당자는 몸과 영혼의 모든 부분을 개막일 디데이에 맞춰 최적화하고 그 밖의 부차적인 것들은 버린다. 전시장에서 우리가 만나는 특별전은 내부의 심의를 통과하고 살아남은 주제다. 좀 과장해 말하면 담당 큐레이터는 프리뷰를 통과했다는 잠깐의 성취감의 대가로 그 뒤로 닥칠 몇 달간의 유배생활과 심적 부담, 책임감을 떠안는다. 한 개인의 힘으로 전시를 성공적으로 올리기는 어렵다. 개인의 역량에 좌우되지 않고 구성원의 역량을 종합할 수 있는 팀제 방식은 좋은 전시를 만드는 해결 방안의 하나가 될 수 있다.

유물 선정 오디션

전시 기획은 유물과 함께 움직인다. 아무리 기획의 스토리 라인을 잘 만들더라도 이를 받쳐줄 작품(유물)이 없으면 전시로 구체화하기 어렵다. 또 작품이 아무리 훌륭해도 담고자 하는 확실한 메시지가 없으면 이 또한 전시로 구체화되지 못한다. 단지 명품이기에, 대표 작품이기에, 연구사적으로 기준작이기에 유물을 배치하는 것은 무책임한 선택이다. 고민을 거듭해 진열장에 올라온 전시품이 왜 그곳에 존재해야 하는지 명확한 이유와 메시지를 전달해야 한다.

기획안이 치밀할수록 전시품들은 자신들의 숨은 이야기를 드러내기 마련이다. 어떤 콘셉트를 담느냐, 어떤 메시지를 전달하느냐에 따라 전시의 성패가 갈린다. 따라서 전시의 메인 주제와 부속 주제에 맞추어 이야기를 구성해보고 폐기하고 다시 짜는 시간을 거친다. 스토리 라인이라는 집을 수없이 설계하고 지어보고, 무너뜨리고 다시 짓기를 반복하는 것이다. 이때 쉽고 단순하게 설명하는 동시에 치밀한 스토리 라인을 통해 입증해야 한다. 끝까지 살아남은 주제와 전시품은 그래서 더 반갑고 귀하다.

기획안이 통과된 다음에도 유물은 단계를 거듭할 때마다 별도의 오디션을 거친다. 유물 선정 오디션에서 최우선으로 고려하는 것은 유물의 건강 상태다. 이때는 보존과학자(컨설베이터)의 도움을 받아 유물의 컨디션을 체크하고 실제 전시에 출품하는 데 문제없는지를 점검한다.

보존과학자는 문화재 병원의 의사다. 어디가 아프고 어떤 체질인지를 점검하는 동시에 어떻게 관리를 해야 건강한 삶을 약속할 수 있을지 연구하고 다루는 큐레이터의 든든한 지원군이다. 퍼즐의 남은 일부 단편만 추적해 원래의 모습을 복원하고, 앞으로 수백 년을 더 버틸 수 있도록 관리하고 건강을 챙겨주는 일을 한다. 전시 기획을 담당한 큐레이터는 특수한 치료가 필요한지를 먼저 알아내 예방할 수 있도록 보존과학자와 자주 만나 의견을 교환해야 한다.

이 외에도 유물의 시각적 이미지와 효과는 어떻게 되며, 조명 아래에서는 어떤 인상을 주는지, 전시장에 놓였을 때의 체적(體積)은 어떻게 되는지, 그로 인해 받침대나 보조대가 필요한지의 여부 등을 디자이너 등과 함께 점검해야 한다. 기획 단계에서부터 다양한 전문가의 의견을 적극적으로 듣고 소통해야만 전시에 임박해 전시품이 교체되어 대체품을 찾는 당황스러운 상황이나 갖춰야 할 설비를 미처 준비하지 못하는 사고를 막을 수 있다.

큐레이터에게 필요한 협상의 기술

국가 간의 문화 교류에서도 박물관의 역할은 점점 커지는 추세이기에 어학 능력은 업무를 진행할 때 큰 도움이 된다. 나는 잘하는 외국어가 없다. 심지어는 한국어로 소통하는 일도 점점 쉽지 않다고 느껴진다. 그럼에도 국외 박물관 또는 미술관과 전시를 함께하거나 공동의 프로젝트를 수행하는 경우가 있다. 언어와 문화, 일하는 방식이 다르고 공통점보다 차이점이 많아도 아무렇지 않게 하나의 전시를 만들어낸다. 매일 박물관으로 출근하는 이들이기에 소통이 가능하다는 점이 신기하다. 유물을 다루고 의미를 찾아내는 일의 즐거움과 어려움을 공감하기에 생기는 신뢰가 있다. 박물관만 빼면 접점이 없는 이들이 함께 전시를 준비하며 느끼는 감정은 좀 특별하다.

다른 기관에서 소장한 유물을 전시할 경우에는 소장처에서 유물을 빌리는 절차를 밟아야 한다. 국내뿐 아니라 국외 기관의 차용 조건이나 절차는 저마다 다르기에 소장처의 대여 원칙과 절차를 사전에 파악해서 준비한다.

국외 유물 차용을 협의하기 위해 해외 출장을 기획할 때면 항상 일정이 빡빡하다. 협의를 위한 기관 방문 일정이 아침부터 밤늦은 시간까지 촘촘하게 계획되어 있을 때가 많다. 이동 거리가 길지 않을 경우 하루에 보통 서너 곳 넘게 방문을 해야 하고, 미팅 일정이 길어지면 세 끼 이상 식사 자리까지 이어질 때도 있다.

언젠가 선배를 따라 일본 출장을 갔을 때였다. 선배는 일본어가 능통한 데다가 숨김이 없는 진솔한 성격 덕분에 일본 각 기관에 오랜 신뢰로 관계를 맺어온 지인이 많았다. 함께 다니면서 처음에는 좀 황당했다. 유물을 빌려달라는 사람이 저렇게 당당하다니. 그의 꼿꼿한 자세는 좋은 기회를 제공하겠다는 비즈니스맨의 인상이었다. 전혀 주눅 들지 않는 선배를 따라 하루에 네댓 기관을 다녔다. 키가 크고 다리가 긴 선배의 보폭을 따라가기가 쉽지 않아 복잡한 지하철 역사나 파도처럼 인파가 밀려오는 대로에서 그를 놓칠세라 종종걸음으로 부지런히 쫓아가곤 했다. 이틀날 그 속도감이 몸에 익어 내 움직임도 자연스레 익숙해지는구나 안심할 즈음 스커트 찢어지는 소리가 들렸다. 평소와 다른 보폭 때문이었다.

차용 협의를 위한 출장은 대개 방문 기관의 관계자를 만나는 것으로 시작한다. 전시 기획을 설명하고, 협조가 필요한 부분을 요청하고, 소장 기관의 대여 절차와 방식을 듣고, 확인이 필요한 부분을 체크하는 일로 이루어진다. 직접 방문하여 면담하는 이점을 최대한 살리기 위해서 정리할 여러 이슈를 미리 준비해서 간다. 메일이나 문서로 진행할 수 없는 모호한 부분을 비롯해 행정적인 절차와 방식을 세부적으로 조율할 수 있어 좋다. 사전 조율이 원활하여 협의가 어느 정도 진전되어 있는 기관을 방문할 때는 그나마 나은데, 부정적인 반응을 보이는 기관을 방문할 때면 업무 난이도가 만만치 않다. 이런 곳을 방문할 때는 설득과 협상에 대한 부담을 안고 아침을 시작하게 된다. 유물 대여를 위해서는 들뜨지 않는 차분한 마음과 신중한 태도처럼, 눈에 보이지 않는 준비가 요구된다.

유물 소장처와는 좋은 관계를 맺고 신뢰를 유지하는 일은 큐레이터가 갖추기 위해 노력하는 역량 중 하나다. 세상 어떤 일도 혼자만의 힘으로 이룰 수 있는 건 없다. 전시 주제에 꼭 필요하나 우리 박물관에서 소장하고 있지 않은 중요한 작품을 얼마나 빌릴 수 있는지의 여부가 전시 준비의 반 이상을 차지하는 경우도 있다. 유물은 전시에 생명력을 부여하기도 하고 전시를 맥없이 만들기도 한다. 때로는 협상의 어려움이나 결렬로 인해 기획 자체가 바뀌기도 한다. 따라서 교섭을 이끌어 내기 위해 어떤 방식과 단계로 진행해야 하는지를 잘 파악해야 한다.

국외 차용품의 경우 차용 여부를 협의하기 위해 기관을 방문했을 때 유물 실사(實査)가 가능한지 미리 요청해둔다. 실사 단계에서 전시 공간을 어떻게 설계하면 좋을지, 어느 진열장에 어떤 방식으로 배치할지를 염두에 두며 유물의 현황과 상태를 기록하고 촬영해둘 수 있다. 이렇게 해야 막상 유물이 국내에 도착했을 때 화면 이외의 장황(裝潢, 표구) 크기, 유물의 무게나 하중, 재료의 특성, 보존 환경이나 유물의 컨디션 때문에 당황하는 일을 피할 수 있다. 조사 내용은 리포트로 만들어 공유한다. 유물의 운송과 설치 과정에 참여하는 사람은 누구라도 공유 내용을 토대로 유물의 상태를 객관적으로 이해하고 핸들링할 수 있게 된다.

방문한 기관의 소장품을 실사할 때는 가져간 조사 도구를 사용해도 되는지 먼저 확인해야 한다. 작은 조명 장비를 비추어보아도 되는지, 카메라 촬영이 가능한지 여부를 미리 묻고 양해를 구한다. 실측을 위한 유물 핸들링을 열람자에게 허가하는 경우도 있지만, 소유한 기관에서 모든 핸들링을 직접 해서 유물 실측을 할 수 없는 기관도 있기 때문이다.

유물 실사를 위해서는 몇 가지 준비물이 필요하다. 실리콘 장갑, 마스크, 조명용 랜턴, 자와 같은 실측 도구, 연필, 아크릴 보

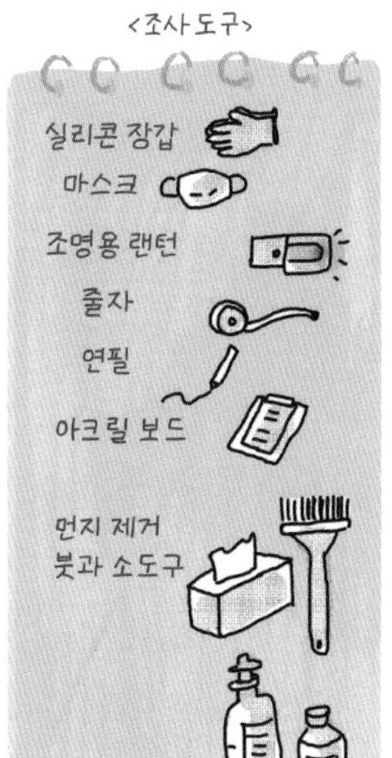
<조사 도구>
실리콘 장갑
마스크
조명용 랜턴
줄자
연필
아크릴 보드
먼지 제거
붓과 소도구

차분함을
준비해주세요
조사 도구를 사용해도
되는지 양해 구하기

드, 먼지 제거를 위한 붓과 소도구 등이 있다. 자의 경우에는 유물이 닿는 면에 부담을 주지 않을 천으로 만든 줄자를 사용하고, 혹시 메모를 하게 될 경우에도 볼펜이 아닌 연필로 한다. 빠른 시간에 메모를 하고 유물의 상태를 적어두거나 스케치하기 위해서는 딱딱한 아크릴 보드가 받침 역할을 하는 조사 보드가 있으면 좋다.

국외에서 유물을 빌려오는 과정에는 넘기기 어려운 일이나 고비가 많다. 잘 풀리지 않는 일이 하나하나 쌓이면 의기소침해진다. 계획이 틀어지고 대안을 찾아야 할 꼭지들이 늘어나 막막해할 때면 선배들은 말했다. 정치적으로 외교적으로 어려운 시기에도 문화 교류는 계속되어야 하고, 우리는 해야 할 일을 할 뿐이라고. 늘 덤덤하게 말하는 현명하고 신뢰할 수 있는 멘토들은 박물관의 가장 큰 장점 중 하나다. 이들이 아니었다면 다시 힘을 내고 방법을 찾아보려는 용기를 내기가 쉽지 않았을 것이다.

전시에 생기를 불어넣는 콘텐츠 디자인

'무엇을 전시할 것인가'에서 '어떻게 전시할 것인가'로 생각을 바꿔야 할 때가 온다. 더는 확보할 수 없는 유물, 보존 상태나 컨디션의 문제로 출품할 수 없는 유물, 빌리는 데 실패한 유물에는 미련을 버리고 그야말로 지금 여기, 현재에 집중할 시간이다. 이 단계로 얼마나 빨리 진입하느냐, 그리고 개막일까지 얼마의 시간 여유가 있느냐는 전시의 완성도에 큰 영향을 미친다. 본 게임은 지금부터다.

'전시 디자인'이라고 하면 흔히 전시 공간을 꾸미는 일, 예를 들면 벽체의 도색, 진열장의 형태, 받침대와 전시실 벽에 걸리는 패널, 유물 바로 옆에 놓이는 설명카드, 조명 등을 떠올린다. 이러한 공간 연출에 더해서 그래픽, 영상 등 전시물의 일부를 만들어내는 일련의 작업 또한 전시 디자인에 속한다. 공간, 색, 빛 등 공간 연출의 전시 디자인에 앞서서 구체화되어야 하는 것이 있는데, 바로 '콘텐츠 디자인'이다.

'콘텐츠 디자인'은 주제를 보는 태도와 관점을 일컫는다. 사물을 어떤 관점으로 볼 것인가에 따라 이미 알고 있는 것을 다르게 볼 수 있고, 추상적인 개념과 메시지를 명확하게 전달할 수도 있다. 이 영역은 큐레이터의 몫이다. 좋은 디자인은 큐레이터와 디자이너가 얼마의 깊이와 빈도만큼 소통하는가에 따라 달라진다.

전시 담당 큐레이터는 스토리를 짜고 캐릭터를 만들고 각 장을 유기적으로 연결하는데, 그 최종 버전에 이르기까지 유물 캐스팅은 수도 없이 바뀐다. 그토록 공을 들였음에도 소속사와 협상 결렬로, 또는 건강상의 문제로 캐스팅이 취소되는 경우는 다반사다. 이럴 때 욕심을 내서 캐스팅을 무리하게 강행하는 것은 금물이다. 유물의 안전과 보존이 언제나 최우선이다. 캐릭터를 만든다고 해서 이들이 전시장 사이를 분주히 다니며 관람객의 손을 이끌고 다니거나 스스로 이야기를 들려주지는 않는다. 그럼에도 캐릭터를 만들어내고 불러오는 작업을 소홀히 할 수는 없다. 담당 큐레이터는 이들이 누구이며 어떤 존재인지를 팀원들에게, 디자이너에게, 교육사에게 안내하고 설명을 함으로써 분절적인 전시품이 만드는 분절적인 스토리를 하나의 이야기로 어우러지게 한다.

처음에는 여러 버전의 스토리 라인을 상상한다. 최종 위치가 정해지기까지 각 유물을 어떤 맥락에서 보여줄지를 궁리한다. 그 와중에 선배 M이 질문을 던진다.

"그래서 이번 전시의 하이라이트는 뭐지?"

처음 하이라이트 공간을 어떻게 꾸밀 것인지 질문을 받았을 때, 머릿속이 하얘졌다. 죽을힘을 다해 겨우 능선에 올라서 이제 다 왔나 싶은 순간, 느긋하게 바위에 앉아 쉬고 있던 산신령이 다리를 거는 느낌이다. 그런 휘청거림과 어지러움이 몰려든다.

하이라이트 공간이 없으면 전체가 같은 화음으로 진행되는 노래처럼, 단조롭고 클라이맥스가 없게 된다. 이 공간을 위해 이 전시를 준비했구나, 이곳을 보기 위해 이번 전시장을 찾았구나 하는 인상을 남길 수 있어야 한다. 나도 계획이 있다는 듯이 표정을 숨기지만, '허걱' 하는 내 안의 소리가 그의 귀에까지 들렸을 것 같다.

전시를 고민하고 있을 때의 내 머릿속은 고양이의 엉킨 털실 장난감 저리 가라 할 만큼 어지럽다. 눈앞에 놓인 작품과 다른 작품 사이를 어떻게 이을까를 고민할 때마다 그 끝이 너무나 멀고 아득하게 느껴진다. 큐레이터는 하나의 이야기를 얻기 위해 관람객이 걷게 될 전시 동선을 수도 없이 걸어본다. 영화감독의 마음으로도 보고, 비평가의 입장으로도 보고, 전시 타깃으로 예상한 관람객 1인으로 빙의하여도 본다. 때로는 '고리타분 씨'가 되어 자신이 기획한 전시를 객관적인 입장으로 보려고 노력한다. 이 진열장에서 만나게 될 스토리와 다음 장의 스토리가 연계성이 적절한지, 비약은 없는지를 살핀다. 강약을 조절하지 않으면 주제가 희미해진다. 너무 많은 것을 말하려다 질리게 하거나 하나도 기억에 남지 않을 위험을 생각해 오래 공들인 테마도 걷어낸다. 하이라이트의 선정도 마찬가지다.

진행 상황에 따라 캐스팅이 바뀌고 시나리오가 바뀌고 장르가 바뀌기도 한다. 그럴 때마다 큐레이터는 채택된 버전에 맞춰 스토리 보드를 다시 짠다. 시나리오나 구성, 이야기 전개가 기승전결에 변화를 가져올 때도 있고, 신(scene) 자체가 통으로 편집되는 경우도 많다. 비록 낙하산처럼 떨어진 전시일지라도 원기획자, 최종 결재권자, 각종 클라이언트의 의도, 보다 이상적으로는 팀이 구현하고자 하는 전시의 비전을 살려내기 위해서는 많은 대화와 설득, 그리고 공감이 필요하다. 오늘도 많은 큐레이터가 인공호흡과 응급처치를 하여 전시를 살려내고 있다.

결정적 5분을 위한 공간 연출

이 책을 읽을까 말까 이 영화를 볼까 말까 망설일 때 첫 문장과 첫 5분이 중요하듯이, 박물관의 전시도 관람객이 전시의 매력을 찾아낼 그 5분이 결정적이다. 그래서 어떤 유물(들)을 주인공으로 내세울 것인지를 결정했다면, 이제는 어떻게 보여야 할지 고민해야 한다. 비록 스토리 전개가 느리게 진행되는 공간이지만 이곳에서 유물들이 자신의 이야기를 풀어낼 수 있도록 한다.

전시 공간 연출은 디자이너의 전문 영역이지만 좋은 전시를 만들기 위해서는 디자이너와 큐레이터의 소통이 매우 중요하다. 더 깊이, 더 자주 공유하고 나누어 최선의 답을 찾아가려는 노력은 한정된 예산과 시간, 자원 안에서도 최적의 결론을 이끌어낼 수 있다.

능력 있는 디자인팀이 내부에 있으면 다행이지만 전시 디자인을 전담하는 전문가가 없는 박물관의 경우에는 패널, 받침대, 설명카드 등의 디자인 콘셉트를 확정하는 일을 큐레이터가 직접 진행한다. 박물관에 들어오기 전에는 이른바 비둘기색이라고 부르는, 무색무취에 가까운 진열장의 도배 색깔과 받침대를 구태의연하다고 생각했다. 하지만 막상 내부인이 되어 적은 전시 예산으로 한 해 여러 횟수의 전시를 하려고 보니 크기와 높이가 천차만별인 받침대를 재활용할 수밖에 없었다. 튀는 색으로 도배해놓은 전임자의 받침대는 무용지물이 되는 경우가 많다는 것을 알게 되면서 다른 이의 전시를 쉽게 품평했던 자신을 되돌아본 적이 있다.

상설전시관을 개편할 때는 좀 더 고려할 요소가 많다. 전시 기간이 끝나면 철수하는 특별전과 달리 한 번 만들어놓으면 꽤 긴 시간 운영되기에 바닥, 천장, 벽체, 벽에 고정되는 벽부형 진열장과 독립형 진열장의 제작, 조명 트랙과 연출, 영상과 그래픽 전반의 연출 계획 등 공사의 규모도 클 수밖에 없다. 그만큼 챙겨야 할 부분이 많고 또 어렵다.

장기간 사용할 전시 공간을 만드는 것이기에 사용 편의성을 위해 전시 연출에서 놓치면 안 되는 것이 있다. 유물의 컨디션과 보존 상태는 전시품을 선정할 때 기본적으로 검토하지만, 유물을 설치하고 디스플레이한 방식이 같은 상태로 오래 지속되어도 안정적인지를 꼭 확인해야 한다. 전시실을 담당하게 될 후임이 무리 없이 관리할 수 있는 방식인지도 고려한다. 또한 전시 공간의 디자인이 지나치게 트렌드에 민감한 것은 아닌지, 전시품을 더 돋보이게 한 시도가 금방 질리거나 다소 과도한 공간으로 만드는 것은 아닌지 체크한다.

이처럼 상설전시관 개편을 준비하는 큐레이터는 특별전을 준비할 때와는 다른 고민에 잠긴다. 자주 찾고 오래 보아도 좋은 전시의 기준은 사람마다 다르지만, 유물과 관람객이 만나는 공간의 가장 본질적인 가치가 무엇인지를 잊지 않으려 한다.

큐레이터와 디자이너가 논쟁하는 쟁점 중 하나는 바로 유물 욕심이다. 담당 큐레이터에게 중요하지 않은 유물은 한 점도 없다 보니, 자주 부딪히는 부분이다. 하지만 유물 수에 너무 욕심을 부려 강약을 조절하지 못하면 한 작품 한 작품을 충분히 감상할 수 없게 된다. 디자이너가 상상력을 발휘할 여지가 없어지고, 관람객은 뭐가 중요한지 알아내기 어려워진다. 한 곳의 진열장에 감상할 공간도 없이 유물을 빽빽하게 배치해야 할 때면, 좁은 공간에 모아놓은 유물에게 미안해진다. 이때는 전시가 담당 큐레이터를 닮는다는 말을 되새기면서 다른 좋은 전시를 타산지석으로 삼으려 노력한다.

어떤 전시품은 그 자체로 멋지고 훌륭하지만 고심 끝에 제외

유물 좀
빼시죠?
다들
너무 중요해

하는 경우가 있다. 그 자체로 너무 돋보이는 작품, 다른 전시품들과 맥락이 잘 연결되지 않는 작품은 미련이 남아도 아쉬운 마음을 접고 전시에 출품하지 않는다.

관람객은 크게 인식하지 않지만 큐레이터들이 꽤 신경 쓰는 부분이 조명이다. 예를 들면 회화 족자 유물의 경우 폭이 좁은 진열장은 유물에 집중하게 하는 장점이 있어 전시를 위해 진열장을 제작할 경우 점점 그 폭이 좁아지는 경향이 있다. 실제 관람하면서 의식하든 하지 않든 간에 진열장 하단에 조명이 들어가고 안 들어가고는 관람의 질에 큰 영향을 미친다. 전시실의 밝기는 관람객의 만족도와 관람 환경에도 큰 영향을 준다. 왜 이리 어둡냐, 왜 이리 밝냐 하며 민원이 자주 제기되는 부분이기도 하다. 하지만 전시장의 밝기를 나타내는 조도는 온도, 습도와 함께 유물의 보존 환경에 가장 중요한 포인트로, 모든 것이 유물을 위해 최적화된 것임을 알아주기 바란다.

전시의 막바지 풍경

전시 개막이 다가오면 스스로 유배지를 만들고 자신을 가두는 이들이 많아진다. 생활은 그야말로 단순, 담백해진다. 머릿속이 전시로 가득 차 있기에 집과 박물관, 수장고와 전시실을 오갈 뿐이다. 큰 시험을 앞둔 수험생의 심정으로 하루의 일과도 생활도, 인간관계도 군더더기를 다 걷어내지 않을 수 없다.

생활이 단순해지는 것에 반비례해서 형체를 예상할 수 없던 전시실 공간은 조금씩 모습을 갖추어나간다. 아무것도 없는 빈 공간에 가벽을 만들고 구획한 동선에 따라 진열장을 배치한다. 디자이너의 손에는 A3 용지로 출력해 둘둘 만 도면이 들려 있다. 차용 기관의 보존과학자, 디자이너, 큐레이터가 특별하게 요구한 조건도 도면에 담긴다. 일정한 기준을 통과한 도배지와 페인트 종류, 받침대에 들어갈 재질, 차용 기관이 요청한 프레임

재질 등등 전시실마다, 동선마다, 진열장 그룹마다, 체크하고 조정해야 할 사항이 많다.

전시장이 구성되고 환경 체크가 끝나면 수장고에 모아둔 유물을 전시실로 올린다. 이때는 전시 업무를 담당하지 않던 부서 직원들도 총동원되어 돕는다. 유물 차용 기관이 다양하고, 전시품이 국내외를 아우르는 큰 전시의 경우에는 전시품을 진열장에 올리고 설치하는 데 최소 2주, 많게는 3주 정도의 시간이 소요된다.

해외 유물 전시를 할 때는 특별한 국제적 이슈가 없는지 매번 긴장하게 된다. 전시 출품이 결정되고 이미 오래전에 관련 기관과 대여 협약을 완료했어도 단계마다 넘어야 할 산이 있어 끝까지 안심할 수 없다. 실제로 유럽 최대 항공사의 파업과 머나먼 나라의 화산 폭발 같은 천재지변이 유물 운송에 어떤 영향을 주는지를 조마조마하게 지켜본 경험이 있다. 비행기에 유물을 싣는 당일 아침, 그 나라의 정치 상황으로 반출이 불허된 일도 있었기 때문에 유물 실은 비행기가 이륙했다는 연락을 받을 때까지 마음을 놓지 못한다.

해외에서 유물을 빌릴 때는 안전한 이송을 위해 큐레이터가 동행한다. 이 역할을 맡은 큐레이터를 호송관이라고 한다. 호송관은 보존과학자와 함께 전시품의 상태뿐 아니라 전시 환경 점검과 유물 설치까지를 책임진다.

수장고에 모인 전시 유물을 옮길 때는 평소에도 최소 2인 이상이 1조가 되어 움직이지만 특별전의 경우에는 더 많은 인원이 투입된다. 비행기를 타고 멀리서 온 유물은 국외 호송관과 함께 유물 운송용 대형 상자인 크레이트 그대로 전시실로 옮겨온다. 이때는 수장고 밀차가 총동원되는데, 범용으로 가장 많이 사용하는 오동나무로 짠 밀차 이외에도 병풍용, 액자용, 중량급 전용 등이 경기를 앞둔 선수들처럼 전시실로 모두 모인다.

국외에서 한국 문화재를 전시하기 위해 호송관으로 갔을 때였다. 12시간 비행 끝에 독일 프랑크푸르트 공항에 도착해 전시품의 통관 절차를 마친 시간은 자정 즈음이었다. 현지 운송팀을 만났는데, 예상치 못한 변수가 생겼다. 한국에서 가져온 크레이트 수량에 비해 독일 팀이 준비한 유물 운송용 탑차가 너무 작았다. 문제의 심각성을 바로 파악한 독일팀은 이때부터 크레이트를 어떻게 실을지를 두고 100분 토론을 벌이기 시작했고, 평편한 침대에 등을 대고 눕고 싶다는 소망은 멀어져가고 있었다. 그리고 마침내 크레이트를 테트리스처럼 쌓기로 결정한 그 새벽, 휘청거리는 다리를 이끌고 트럭에 몸을 실었던 기억이 지금도 생생하다.

전시를 앞둔 전시장은 복잡하다. 그룹별로 유물을 진열하고 설치하는 팀이 있고, 설명카드 위치와 패널 위치를 조정하고 크기, 색, 디자인, 원고의 오타 등 전반적인 내용을 보는 팀과 업체 직원이 있다. 영상 프로젝트를 점검하고, 설치 위치, 관람 거리, 초점 여부, 빛의 밝기와 영상의 속도, 콘텐츠 전반과 자막 등을 체크하는 팀도 있다. 쉬는 시간, 점심시간, 저녁시간, 야간 작업 등 종일의 과정이 중앙방재실에서 체크되지만 현장에서도 긴장의 끈을 놓지 않고 충분한 작업 동선이 확보되었는지, 사각지대는 없는지 확인한다. 그렇게 전시 개막 준비는 막바지를 향해 가고 있었다.

알기 쉽게, 보기 쉽게

새로운 큐레이터가 들어오면 그 푸릇푸릇한 기운에 박물관도 생기를 얻는다. 나에게 다가올 시간과 상대해야 할 상황을 파악하기 전의 걱정과 기대가 교차한다. 조심스러운 눈빛 사이에 의욕과 자신감이 흐른다. 자원봉사자나 도슨트를 대상으로 하는 특별전 오리엔테이션을 준비하는 신입 큐레이터에게 한 가지만 기억하라고 당부했다. 상대방의 눈빛과 표정을 보면서 내 말을 잘 따라오고 있는지 이들의 수용 속도를 확인하라고. 내 안에 있는 이야기를 잘 전달하기 위해 기억해두면 좋은 팁이다. 오래 고민해온 주제일수록 그렇다. 이들을 만나는 시간은 내가 알고 있는 것을 과시하기 위한 것이 아니므로, 상대방의 공감을 얻고 싶다면 천천히 말해보라고 한다. 단순하지만 사실 쉽지 않다.

말하기도 어렵지만 글쓰기는 몇 배 더 어렵다. 좋은 연구자가 뭔지는 아직 잘 모르지만, 주로 생각하는 것이 몇 가지 있다. 내가 재미있다고 느끼지 못하면 남을 설득하지 못한다. 땅을 깊게 파고 들어갈수록 바깥 소리는 들리지 않는다는 것, 그리고 전시 도록의 목차를 잡거나 기획의 내용을 구상하면서 어떻게 전개할 것인지 확정하지 못한 상태일 때 무조건 자료만 보면 위험하다는 것. 이 모두는 경험을 통해 얻은 것이다.

생각해보면 내게는 글쓰기 팁이라고 할 수 있는 게 별로 없다. 단순화하자. 치밀하게 연구하지만, 공감을 얻으려면 더 쉽게, 더 직접적으로, 더 구체적으로 쓰자. 내 호기심을 따라가느라 여기저기 파놓은 구덩이에 누가 빠지면 어쩔 것인가. 내가 본 것과 느낀 것을 다 전달하려는 욕심으로 관람객을 지치게 하지 말자. 가르치려 들지 말자. 항상 이야기의 시작은 작품에서 또 다른 작품으로, 전시품을 단지 연대순의 흐름을 보여주는 자료로만 쓰지 않고, 그 자체의 메시지를 추출할 수 있도록 하자. 지금 여기서 끝을 본다는 마음으로 한 페이지씩 완성하고 넘어가자. 이렇게 저렇게 다짐해보지만, 사실 내게 글쓰기는 매번 질 것을 알면서도 나가는 경기다.

큐레이터는 도록, 전시, 홍보, 교육 등 쓰임에 맞추어서 그에 맞는 원고를 작성해야 한다. 전시를 구성하는 언어와 도록을 구성하는 언어는 기획, 구성, 전달 방식을 달리한다. 도록 원고는 전시 글쓰기의 기초 자료이기도 하다. 전시 패널이나 설명 카드를 쓰기 위한 1차 자원이 도록 원고에 숨어 있기 때문이다. 그래서 도록 원고가 빨리 나오면 나올수록 전시 준비에 요긴하게 쓰인다. 도록 원고가 완성되면 이를 스토리 보드로 활용할 수 있고, 디자이너는 전시품을 파악하는 데, 교육사는 교육용 워크시트를 만드는 데 참고할 수 있다. 또 기획을 디테일하게 다듬을 수 있으며, 사전 홍보에도 활용할 수 있다.

도록 원고가 설명적이라면 전시장의 글은 직관적이다. 전시에 필요한 글은 관람객과 만나는 지점과 상황에 따라 다양하게 변주된다. 동일한 전시에서도 전시실 벽에 걸리는 패널의 원고, 유물 바로 옆에 놓이는 설명카드의 글, 귀로 듣는 오디오 가이드 글, 들고 다니며 눈으로 보아야 하는 리플릿 원고, 그리고 전시장을 떠난 뒤에 읽게 되는 도록의 글이나 보도자료, 홍보의 글이 다 다르다.

전시의 글은 많은 정보를 담는 것에 우선하기보다 전시품에 대해 더 알고 싶은 관람객을 먼저 염두에 두어야 한다. 패널과 설명카드에 담긴 정보가 너무 많으면 전시 작품이 설명의 보조가 될 수 있다. 글을 쓸 때면 물건 중심의 역사가 갖는 의미를 생각하는 편이다. 전시품을 단순히 자료나 증거로 사용하지 않도록 노력한다. 대중적인 전시일수록 전시는 명쾌하고 쉬울수록 좋다. 전문적이고 복잡한 내용은 도록의 논고나 전문가 강연 같은 학술 행사 등에 담는 것이 좋다.

신뢰할 수 있는 정보를 만들고 제공하는 건 박물관 큐레이터의 중요한 역할이다. 역사적 해석은 다양한 관점이 존재하며 고정된 결론을 내리기 어려운 경우도 있다. 연구자 개인의 논문은 자신의 주장을 좀 더 설득하기 위해 이런저런 가설을 제시할 수 있지만, 박물관의 설명글은 개인의 것이 아니기에 공공 언어가 지녀야 할 언어 감수성을 지키면서 오류 없이 쓰기 위해 애쓴다. 설명문이나 패널, 도록 원고를 쓸 때 더 신중하게 된다.

큐레이터가 전시장의 설명카드를 만들기까지 생각은 몇 가지 단계로 변화하고 진화한다. 첫째, 묵묵부답. 들리지 않는 유물의 목소리에 귀 기울이고 조각난 정보를 이어보고 있을 때다. 오랜 시간을 기억하고 있는 유물에게 매료되나 별다른 것은 나오지 않는다. 둘째, 함몰. 일상의 궤도에서 이탈해 전시 주제에 함몰된다. 유물과 유물의 연결고리를 잇고 스토리를 맞추어놓고 보면 중요하지 않은 이야기는 하나도 없고, 놓치면 안 되는 정보가 너무 많다. 세 번째 단계는 버리기. 커질 대로 커진 이야기 보따리를 열고 가장 본질적인 것을 찾는다. 이때는 만약 단 1분의 시간만 주어진다면 관람객에게 어떤 이야기를 들려줄 것인지 질문을 던지면서 핵심만 남겨놓고 모두 버린다. 이 과정을 거친

다음에야 설명카드가 완성된다.

눈으로 보는 글은 위치와 크기, 높이가 적절한지, 전시품을 방해하지 않고 잘 읽히는 서체인가 하는 형식도 함께 고려한다. 귀로 듣는 글, 즉 모바일용 전시 안내 앱이나 오디오 가이드용 원고는 관람객이 발걸음을 옮기며 눈으로 전시품을 보면서 듣는 이야기라는 점을 염두에 두고 쓴다. 눈으로 보거나 귀로 듣는 글 모두 관람 동선을 따라 관람객의 움직임과 속도, 시선을 예상해 정보를 적절한 분량으로 안배한다. 어디에 어떤 목적으로 사용하느냐에 따라 글의 톤과 분량, 속도감이 달라진다.

박물관에 홍보 전담이 있더라도 보도자료를 쓰고 언론사의 취재와 인터뷰에 응하는 것은 담당 큐레이터의 몫이다. 각종 매체에 특별전을 노출하고 홍보하기 위해 전시 기간 동안 기획 보도나 연계 행사를 준비하고 자료를 만든다. 각 매체의 독자 타깃, 호기심, 취향, 관심도에 맞춰 기존의 연구 성과와 전시 포인트를 정리하고 출간물에 대한 정보를 미리 점검해둔다. 주제에 관해 좀 더 알고 싶어 하는 관람객을 위해 전시실 앞이나 뮤지엄숍에 기획 코너를 마련하기도 한다.

영상은 박물관 전시에서 점점 중요성이 커지는 분야다. 내부에 전문가가 없는 박물관은 영상 제작 업체와 협업하는데, 기획과 편집 진행을 큐레이터와 공간 연출 디자이너가 함께한다. 시각화하는 모든 것의 기본에는 단어, 카피, 메시지가 있다. 구체적인 단어와 짧은 문장으로 정리되지 않으면 명확한 메시지를 전달하기 어렵다. 영상의 분량을 정하고, 컨셉을 일관성 있게 구현할 톤앤매너와 제목을 확정하고, 영상물을 구체화하는 모든 과정에서도 글은 중요한 역할을 한다. 영상의 이미지와 자막, 글자 크기와 폰트, 속도 등의 세세한 부분에서도 알기 쉽고 보기 쉽도록 노력한다. 사람의 마음을 움직일 메시지와 포인트를 찾아 이야기를 만드는 일련의 과정이 서서히 전시에 스며든다.

큐레이터의 노트

'타인에게 말 걸기'는 큐레이터라면 언제나 준비해야 하는 일이다. 전시를 보러 오는 사람들의 나이와 일상의 영역, 삶의 방식은 각기 다르며 우리는 관람객을 예측하지 못한다. 그럼에도 익명의 관람객에게 들려줄 나름의 이야기를 준비한다. 글이나 전시로 말을 걸다 보면 낯설었던 우리가 더 이상 타인이 아니라는 느낌이 드는 순간이 있다. 나는 아직도 그 지점이 신기하고 짜릿하다.

관람객에 앞서 먼저 대화의 물꼬를 터야 하는 대상은 침묵으로 일관하는 과거의 유물이다. 이들과의 대화는 심증은 있는데 물증이 없는 사건을 해결해야 하는 것과 같다. 하여 예전의 물건을 쓰고 만든 사람들과 그들이 남긴 기록을 조사한다. 과거의 의미를 이해하고 이들의 이야기를 현대의 관람객에게 어떤 맥락에서 전달할지 고민한다. 물론 단순한 상상의 영역이라기보다는 증거가 있는 해석이어야 한다.

박물관의 글쓰기는 웬만한 일에는 웃지 않는 공주를 웃겨야 하는 미션을 수행하는 것과 비슷하다. 반응 지점이 서로 다른 독자와 관람객을 향한다는 점에서 그렇다. 내 말에 대한 상대의 반응을 알아차릴 수 없으면서 타인에게 말을 걸고 다음 장면을 구상한다.

몇 년 전부터 도록 앞쪽에 큐레이터의 노트(Curator's note)라는 꼭지의 글을 작성해 넣기 시작했다. 이런 기획을 하게 된 것은 전시 이야기로 바로 들어가는 기존의 방식이 뭔가 이상하다는 생각이 들어서다. 큐레이터는 전시된 유물을 매개로 한 전문 정보만 전달하면 된다고 자연스럽게 역할을 규정하는 점이 의아했다. 나와 당신 사이에 놓인 것에 대해 바로 대화한다? 우리는 인사가 필요 없는 사이일까? 해서 내가 맡은 도록에는 '전시의 기획과 구성'이란 꼭지를 만들어 전시를 올리기까지의 고민, 진행 과정, 내부의 이야기를 공유하기 시작했다. 이제는 박물관에서 만들어지는 많은 도록에서 전시를 준비한 큐레이터들의 목소리를 전달하는 항목으로 활용하고 있다.

기술의 발전에 따라 점점 화려해지는 전시 보조물과 여러 장비는 전시의 주제와 기획을 돋보이게 한다. 넉넉한 예산이 있는 기관의 특별전을 볼 때면 사용된 프로젝터 수, 새로운 IT 기술,

영상의 규모, 디자인의 화려함에 놀란다. 그럼에도 글의 중요성은 약해지지 않는다고 본다. 타인이 말을 걸어올 때 말을 좀 더 나누어도 좋겠다고 안심하게 되는 지점, 대화를 이어가고 싶은 흥미를 느끼는 지점은 화려한 기술이나 그것을 구현한 매체가 아니기 때문이다.

이야기를 들려주는 사람의 목소리로 인해 박물관은 좀 더 편안하고 친숙한 공간이 되고 있다. 큐레이터들은 객관적인 정보를 제공해야 한다는 점을 늘 생각한다. 그러다 보니 개인의 감상을 보이는 글은 장려되지 않았다. 그런 글은 일기장에나 쓰라는 코멘트를 들었던 적도 있다. 이런 톤 정도의 대화는 할 수 있지 않나 싶었던 글도 받아들여지기까지는 시간이 필요했다. 이 유물에 대해 내가 놓치고 있는 건 없을까? 틀린 글을 쓸 여지를 남기느니 차라리 고리타분 씨가 되고 말 것인가? 전시실에서 만나는 글은 여러 고민의 단계를 지나온 나름의 결론일 때가 많다.

시시콜콜한 이야기의 힘

전시실 문을 열고 들어오는 당신을 바라볼 때의 두근거림이 좋다. 혼자만 알던 이야기를 주머니에서 꺼낼 때의 홀가분함과 자유로움도 좋다. 유물 앞에 오래 서 있는 이의 시선이 닿는 곳을 따라가보고, 서가에서 전시 도록을 한 장 한 장 넘기는 이를 볼 때의 기쁨은 전시가 주는 선물이다. 우리의 메시지가 닿기를 바라는 기대감은 우여곡절 같은 복잡한 사정과 말 못할 사연, 도망가고 싶었던 마음을 밀어낸다.

상설전시관의 불교회화실에서는 매년 봄이 되면 사찰 소장 괘불을 빌려와 전시한다. 괘불은 조선시대 전각 안에서 개최할 수 없을 만큼 많은 사람이 모여든 야외 의식에 사용하기 위해 제작된 대형 불화로, 크게는 10미터가 넘는 화폭에 그려졌다. 국립중앙박물관의 괘불 전시는 우리 가까이에 있지만 쉽게 볼 수 없는 문화재를 조사하고 연구해 그 의미와 가치를 밝히기 위해 기획되었다. 불교회화실은 서화관인 전시실 2층에 있지만 불교조각실이 있는 3층과 통층으로 연결되어 대형 불화를 감상할 수 있도록 설계되어 있다. 현재까지 전해지는 한국의 괘불은 120점 정도이다. 부처님 오신 날, 운이 좋다면 사찰에서 괘불을 건 모습을 볼 수 있지만, 엄청난 시간이 필요하다. 괘불을 거는 사찰이 많지 않기에 한 해에 한 점을 본다는 가정 자체가 어렵다.

괘불 전시는 2006년 봄에 시작되어 2021년 봄으로 열여섯 번째를 맞이했다. 사찰 소장 불화의 차용이 쉽지 않아 괘불을 전시하지 않은 해도 있었지만, 이제 봄이 오면 국립박물관에 대형 불화가 걸린다는 점을 많이들 기억하고 찾는다.

박물관은 매해 새로운 마음으로 괘불을 성심껏 전시한다. 한 점 한 점마다 그 시대와 공동체, 사람의 이야기를 담고 있다. 괘불의 도상, 신앙, 불화를 그린 승려 화가의 스타일, 미술사적 가치, 괘불 제작의 사회경제사적 의미도 중요하다. 하지만 매해 전시하는 괘불의 뛰어난 가치를 전달할 때보다 얼마나 빌리기 어려운 유물이 우리 앞에 있는지를 설명할 때 반응이 확연히 뜨겁다.

2018년 상주 용흥사 괘불을 전시하고 관람객들과 전시품에 대해 이야기를 나누는 프로그램인 '큐레이터와의 대화'를 진행하던 때도 그랬다. "아 그래요? 3월의 폭설요? 저도 그때 기억납니다" 하며 눈빛이 바뀌는 사람들. "주민센터에서 이미 해체한 제설차를 빌려달라 요청해 다시 조립해야 했습니다. 아무리 준비를 단단히 해도, 이상 기후로 인한 폭설을 막지는 못했어요."

괘불이 박물관 나들이를 하기까지의 과정을 들려준다. 세 곳의 사찰에서 거절당하고 네 번째 성공한 사연, 우여곡절 끝에 승낙을 받고 떨리는 마음으로 전시를 준비하기까지의 과정, 비구니 스님이 키우는 고양이 이야기 등등 나눌수록 이야기의 힘은 커진다.

"전시가 정해지면 미리 조사를 합니다. 사찰 진입로는 대개 좁고 꼬불꼬불하니까요. 대형 불화만 생각하고 11톤 탑차를 준비했다가는 경내로 차가 들어갈 수 없는 경우도 있어요. 대부분 200킬로그램이 넘는 무게인데 큰길가까지 무작정 옮길 수도 없구요. 그럴 경우는 5톤 차량을 따로 준비해요. 정해진 인원을 어떻게 나누고 이동 동선을 어떻게 짤 것인지 먼저 궁리합니다. 괘불을 옮길 때마다 그 사찰에 맞는 작전이 필요한 셈이에요."

제설차를 다시 구해와 눈 치우며 내려온 여정도 대화의 좋은 소재다. 관람객들은 박물관에서 일어나는 시시콜콜한 이야기를 듣거나 전시를 올리기까지의 비하인드 스토리에 더 호기심을 보인다. 가끔은 조선시대 대형 불화가 어떻게 제작되었으며 누가 그렸으며 미술사적으로 어떤 의미가 있는지에 관한 이야기는 뒷전이 될 때도 있다.

믿을 수 있는 권위 있는 정보를 알고 싶을 때도 있지만 전시가 만들어지는 과정을 이해하고 공감하며 자신이 애호하고 좋아하는 박물관의 일원이 되어볼 때의 재미가 있다. 관람객 개인의 일상과 큐레이터의 경험이 만나고 서로를 좀 더 알게 될 때 박물관은 진정 모두를 위한 공간이 되는 게 아닐까.

3

큐레이터의 하루

바람이 지나간 자리, 그다음에 남는 것

"네? … 풍죽이요?"

내가 담당하게 될 특별전 제목을 들었을 때, 귀에 와닿는 낯선 어감으로 인해 제대로 들었나 싶어 되물었다. 지구 반대편에 있어 통화 품질이 나빠서인 건 아닌 것 같았다. 6개월 동안의 국외 연수를 마치고 한국으로 돌아오기 이틀 전의 일이다. 14시간의 장거리 비행 후 공항에 내린 바로 이튿날인 12월 29일부터 국립광주박물관에서 일하게 될 것이라 했다. 발령 소식과 더불어 '풍죽' 특별전을 맡을 것이라는 얘기를 들었다.

학교 다닐 때 배웠던 사군자? 매란국죽 가운데 하나인 대나무? 대나무 그림에 대해 진즉부터 마음이 내켰던 것은 아니었다. 대나무 그림이 다 거기서 거기지 진부한 테마 아닌가 싶은 오만한 마음 한편에는 회화사 전공자를 원하는 기관에 발령받고 가는 부담감이 있었다.

같은 대나무도 언제 어떤 상황에서 만났는가에 따라 여러 별칭이 있다. 새벽녘 댓잎에 이슬이 맺혀 있는 모습은 노죽(露竹), 비 내리는 날의 대나무는 우죽(雨竹), 안개 낀 날의 대나무는 연죽(煙竹), 그리고 바람에 나부끼는 대나무는 풍죽(風竹)이라고 부른다. 내린 비의 무게에 몸을 내맡긴 우죽이나 눈을 맞고 선 설죽(雪竹)을 겨우 구분할 정도의 아마추어인 내가 대나무 전시라니.

내가 돌아오기만 기다리는 아이들 곁에 있을 수 없는 상황, 낯선 곳에서 펼쳐질 일들을 떠올리니 심란해졌다. 그래도 재밌는 일도 있겠지 하며 짐을 싸기 시작했다. 어느새인가 영화 〈봄날은 간다〉(2001)에서 사운드 엔지니어인 유지태가 소리를 채집하기 위해 찾았던 대숲이 떠올랐다. '대나무? 좋지, 좋을 거야.' 영화 같은 일이 찾아올 리는 없겠지만 대숲에 갈 일은 많겠다는 기대가 자랐다. 겨울 숲 바람 소리와 정신을 반짝 들게 하는 찬 기운이 코끝에 느껴지는 듯했다.

'바람과 대나무'에 대해 깊이 생각해본 적은 당연히 없었다. 그나마 정신을 추스른 후 다시금 대나무 이야기를 들었을 때는 연초록빛으로 가득한 봄날의 숲이 떠올랐다. 5월에 전시를 하면 어떨까 싶어 관장실을 찾아갔을 때 관장님은 삼면이 대숲인

곳에서 자란 아이의 이야기를 들려주셨다.

황소바람 같은 외풍이 방 안에 불어오는 겨울밤, 아이는 머리까지 이불을 뒤집어쓰고 오들오들 떨고 있었다. 추위를 견디다 못해 대나무가 터지는 소리가 들렸다. 아주 먼 곳에서 들리는 '툭'이나 '쩍'에 가까운 저음의 외마디 소리를 처음 들었을 때는 가슴이 철렁 내려앉아 혹시 내 안에서 들리는 걸까 싶기도 했다. 아침이 올까 싶은 긴 밤을 지나 어느새 든 잠에서 깨어 방문을 열고 나가면 마을은 다른 세상이 되어 있었다.

대나무가 밤새 내린 눈의 무게를 견디다 못해 눈을 튕겨내는 소리를 들어본 적이 있느냐고 물으셨을 때 책상과 서재가 있는 사무 공간이었던 관장실이 사방이 대나무에 둘러싸인 집으로 변했다. 전시의 주제가 어떤 방식으로 주어지든 그 이유나 과정과 상관없이 큐레이터에게 어떤 신기한 시간이 찾아온다. 점차 전시 주제에 몰입하게 되고, 내 일상과 영혼을 탈탈 털어 내어주는 시간 말이다.

동양의 선비에게 대나무는 각별한 상징물이다. '마음속 대나무'를 흉죽(胸竹)이라 부르는데, 선비들은 마음속 대나무를 손끝으로 표현하는 법과 회화 이론을 구체화시켰다. 대나무는 선비의 지조나 이상을 담은 주제로 인식되었고, 동양의 엘리트에게는 시대를 초월하여 사랑받았다. 종이나 비단에 번지는 물과 먹의 진하고 흐린 농담(濃淡), 붓의 빠르고 느린 터치, 최소한의 색이 만든 화면, 표면적으로는 대나무를 그렸다고 하지만, 궁극적으로는 그린 이의 이상이 구현되는 세계였다.

풍죽이란 테마와 어울리는 전통 미술뿐 아니라 여러 매체로 바람을 담을 수 있는 현대 작가를 섭외하고 작품을 의뢰했다. 대나무와 함께 보낸 겨울, 봄, 여름, 가을, 그리고 다시 겨울이 왔다. 눈의 무게를 견디다 못해 대나무가 부러지며 내는 소리를 듣기 전에 필시 내가 먼저 부러지겠구나 싶었다. (나중에 온갖 대숲을 찾아다니며 그 소리를 결국 듣긴 들었다. 정말 가슴이 철렁했다.)

퇴근길 버스 정류장 앞 시장에 펼쳐놓은 할머니의 가판 품목에서도 죽순이 제일 먼저 눈에 들어왔다. 처음 사본 죽순을 며칠에 걸쳐 먹었다. 새벽이나 비 오는 날, 해 질 녘에 틈만 나면 대숲에 갔고, 이른바 '아디다스 모기'라고 불리는 숲에 사는 대형 모기의 밥이 되기도 했다. "눈을 감으면 문득…"으로 시작하는 〈봄날은 간다〉 OST를 수도 없이 듣고, 영화는 서너 번은 더 보았던 것 같다. 내 봄날도 이렇게 가는구나 생각하면서.

유물의 차용 협의며 작품이 돋보이기 원하는 작가들과의 조율이며, 쏟아지는 업무 속에 나를 위로하며 책상 벽에 붙여놓았던 속담도 대나무였다. "대 끝에서도 3년 산다." 이 속담은 역경에 처한 사람에게 좀 더 참고 이겨나가라는 격려의 뜻을 담고 있다. 전시를 통해 과거를 여행한다고 하지만 나에게는 광속의 우주비행 훈련처럼 멀미가 날 정도로 어지러운 여정이었다.

전시회 제목을 정해야 할 때가 왔다. 포스터나 초청장 제작, 도록 위탁 출판 공고 등을 위해 더 이상 '풍죽전'이라는 가제를 사용할 수 없었다. 고민에 고민을 거듭해 만든 제목이 감성적이라며 관장님이 우려를 표한다. 결국 내가 뽑은 제목은 선택되지 못했고, 최종적으로 '대숲에 부는 바람, 풍죽(風竹)'이라고 확정되었다.

영문 제목을 정하는 것도 중요하다. "shake가 어떠냐?" 관장님의 제안에 대숲을 바람이 마구 흔드는 것 같아 별로라는 속마음은 숨겼다. 대신 잔잔한 바람, 바람결에 흔들리는 대숲의 느낌을 담을 수 있도록 고민해보겠다고 말했다. 몇 주를 고민한 최종 제목은 바람이 주어가 되었다. "The Wind that wakes the Bamboo." 마음에 쏙 드는 제목이었다. 새벽 숲을 깨우는 바람으로 관장님이 구상했던 대숲을 보다 서정적으로 담았다.

이런저런 시간이 지나 만들어진 전시 공간에는 마침내 댓잎에 이슬이 맺히고, 비의 무게를 견디고, 비 그친 산행에서 본 안개 낀 숲의 대나무가 함께 있었다. 바람에 나부껴 급류처럼 물결치는 대숲의 모습까지, 현대 작가 24명의 대나무가 한자리에 모였다. 그림이 그려진 시간과 공간, 대나무를 사랑하고 가까이

두고 즐겨 그린 이들의 마음속 세계로 들어가 볼 수 있었다.

대나무 전시를 준비하면서 오랫동안 품었던 궁금증은 '바람이 지나간 자리, 그다음에 남는 것'이었다. 대숲으로 사라지는 이의 뒷모습을 볼 때의 고요함이나 맑은 아름다움, 스님의 가사 소리처럼. 잎을 스치는 바람 소리를 떠올리면 사라진 사람들의 뒷모습이 보이기도 했다. 전시를 기획하고 전시 대상품을 모으고 이야기를 엮을 때면 내가 보는 그 대상에 빠져 있기 쉽다. 그런데 가끔은 전시품에서 이들을 가까이에 두고 바라보았을 이를 느낄 때가 있다. 이 그림을 보았을 누군가의 마음에 머물렀을 감정이 전해진다. 유물은 우리가 예측한 것 이상을 보여준다. 자신이 좋아하는 것을 닮게 되었을 사람들을 떠올려보는 것은 그런 이유에서다.

일상의 버팀목, 꾸준함

마흔이 되고 가족과 떨어져 광주에서 혼자 생활했다. 박물관과 관사만 왔다 갔다 하며 봄, 여름, 가을 세 계절을 보내던 때, 나는 조선시대 선비 화가 공재 윤두서와 그의 아들, 손자에 걸친 3대 화가에 대한 전시를 준비하고 있었다. 공간적 배경은 해남에 있는 윤두서 일가의 집인 녹우당이었다.

'녹우(綠雨)'는 초록 비라는 의미로, 녹우당 뒤편 비자나무 숲에 바람이 불면 그 소리가 마치 푸른 비가 내리는 듯하다는 데서 유래한다. 전시 테마는 할아버지, 아버지, 손자까지 3대에 걸친 서화가였지만, 어떤 장소는 사람과 사람을 연결하고 시대를 넘어 영감을 준다는 것을 녹우당이란 공간을 중심으로 들려주고자 했다.

특별전 개막 40일 전부터 각 기관에서 차용한 유물을 수집하기 시작했다. 국립중앙박물관에서 개인 소장가에 이르기까지 여기저기 흩어져 있는 350여 점의 유물을 3일에 걸쳐 옮겼다. 이어 700컷의 유물 사진 촬영을 1차로 마치고, 도록에 실을 원고와 도판을 정리하고 본문에 주석을 보완하는 작업을 마쳤다. 그즈음이 추석이었는데, 추석 연휴에도 진행해야 할 일정이 산더미였다.

광주에서 시댁이 있는 충남 예산까지는 기차를 두 번 바꿔 타고 가야 했다. 가족과의 짧은 만남을 뒤로하고 명절 당일 밤기차를 타고 광주로 내려왔다. 그리고 녹우당 유물을 인수하기 위해 해남으로 향했다. 유물 실사부터 모든 절차에 입회하신 종손 어른 옆에서 유물의 컨디션을 체크하고 한 점 한 점을 포장하고 인수 인계서를 작성했다. 차량에 크레이트를 상차하는 일을 마칠 즈음은 이미 늦은 오후였다.

무진동 차량에 전시품을 싣고 박물관 수장고로 돌아왔다. 포장 솜포를 풀러 유물을 해포한 후 전시 대상품을 모아놓은 격납장에 자리를 배정했다. 옮겨온 유물의 상태와 수량, 현재 격납 위치를 확인해 목록을 만들고 나자 차용 기관으로부터 유물 운송이 일단락되었다. 전시가 다음 궤도로 넘어가는 기분이었다. 사무실로 돌아오자 안심이 드는 마음 때문인지 맥이 풀렸다. 다시 힘내보자며 마음을 다잡고 전시에 사용될 패널 원고를 쓰기 시작했다.

자료를 보다가 윤두서와 동시기 화가인 조영석에 대한 평을 읽게 되었다. 서양화가이자 근대 미술평론의 선구자였던 김용준의 글에서 '견개불기(狷介不羈)'라는 표현이 눈에 들어왔다. 낯선 단어라 사전을 찾아보니 '소신이 매우 세어서 시답지 않은 일과 타협하지 않으며 하찮은 일에 얽매이지 않는다'는 뜻이라고 한다. 멋진 말이다 싶었다. 잠깐 멈춰 자료를 보고 있는 자신을 대입해봤다. 나는 어떤 사람이지? 정말 마음에 차고 만족스럽지 않은 일과 타협하다 하루가 가고, 하찮은 일에 세월을 보내어 낙담할 때가 많은 편이군. 이런 사람을 네 글자로 표현하면 무엇이 될까 궁금했다. 하지만 얼마간의 시간이 흐른 뒤 자잘하고 하찮은 일이 모여 만든 일상이 시시하지만은 않다는 걸 깨닫고 바닥을 친 마음을 수면 위로 올려보냈다.

오래전 한 친구는 세상에서 가장 힘든 일이 '꾸준함'이라고 했다. 빨리 배우는 능력은 축복이 아니라 독이라며. 그 말을 들었을 때의 솔직한 마음은 '그렇다고, 독이라고 할 것까지야'였다. 독이 될지 아닐지 나도 한번 그렇게 살아보고 싶었다. 무엇이든 쉽게 익히는 사람은 늘 마감과 기한에 쫓기는 압박쯤은 가볍게 이겨낼 것 같았다. 하지만 이 또한 시간이 지나니 생각이 변한다. 잘하는 사람보다 오래 하는 사람이 좋다. 한 가지 일을 꾸준히 하는 이들에게 마음이 간다. 느리더라도 결국엔 이기는구나 싶다.

〈대숲에 부는 바람, 풍죽〉 특별전에 참여한 강익중 작가는 좋은 작품을 그리는 방법은 무조건 많이 그리는 것 말고는 다른 방법이 없다고 했다. 작업 시간을 확보하는 게 중요하며, 하다 보면 좋은 것도 나오는 거란다. 아침 6시에 일어나 아이의 도시락을 싸고, 이후 식사와 작업, 운동 같은 일상의 리듬을 철저히 지키며 규칙적으로 생활할 뿐이라고 했다. 누군가는 비법을 알고 있지 않을까 싶지만 특별한 비법은 없다. 오히려 다들 비슷하게 낙심하면서도 다시 힘을 내는구나 싶을 때 위로받는다. 자기 자신한테 실망하기보단 담담하게 내 보폭대로 걸어야겠다는 생각이 더해진다. 어떤 일이든 자신의 자리에서 계속 해나가는 사람을 응원하게 된다. 일상을 살아가는 힘이 작고 사소한 것에서 나온다는 게 다행이다.

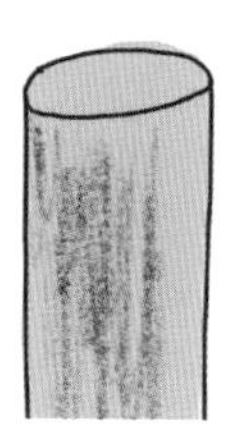

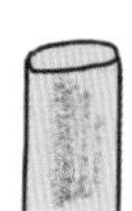

조사 노트에 담긴 추억

박물관 업무를 하다 보면 유적 발굴 현장이나 사찰을 방문할 때가 있다. 유물은 기본적으로 원래의 장소에서 옮겨져 이동한 물건이기에 기록과 문헌 조사뿐 아니라 현장 조사를 통해 원래의 맥락을 복원하는 작업이 필요하다. 국립광주박물관 시절 옆자리 동료가 '전남 고흥' 특별전을 담당했다. 이러한 '지역' 특별전은 대략의 형식적 틀이 주어져 있지만 준비 과정이 쉽지 않다. 대체로 지역의 전 시기와 주제를 망라해 다루어야 하기 때문이다. 거기다 지역의 문화와 정서도 고려해야 한다.

몇 안 되는 학예실의 큐레이터가 모두 동원되어 도록 원고를 나누어 맡았다. 고고학을 전공한 신입 학예사, 도자사를 전공한 동료, 불교미술을 담당한 나 역시 각자의 분야를 맡아 참여했고, 덕분에 고흥, 순천 등지로 현장 조사를 나갈 기회가 생겼다.

출장에서는 공식적인 조사 노트 외에도 나만의 조사 노트가 추가된다. 일상의 공간과 거리를 두면서 자기 자신을 돌아보게 되기 때문이다.

이때는 윤두서 특별전의 전시와 도록, 학술대회를 맡아 분주하던 시절이었다. 학예사가 공통으로 나누어 맡는 일반 업무 이외에 상설전 운영과 특별 전시 준비, 대도록과 소도록 2종 발간, 심포지엄까지 모두 맡아야 하니 부담이 컸다. 주말이면 광주와 서울을 오가며 아이들을 챙기고, 미처 마치지 못한 박사 논문 심사를 받는 중이기도 했다. 어느 해보다 업무가 많았는데도 성과 평가로 B를 받았다. 근무성적 평가는 S-A-B-C의 네 단계로 나뉘는데, B는 그중 세 번째 단계에 해당한다. 업무 평가가 낮게 나오면 정말 기분이 좋지 않다. 그까짓 평가 잘 받자고 달려온 게 아닌데도 오히려 '이 기분은 뭐지?' 당황스럽다. 있어야 할 자리에서 할 일들이 한꺼번에 달려드는데 정작 성과는 나지 않고, 원고의 진전도 안 되고 집중도 떨어지는데 그렇다고 할 마음도 접지 못해 전전긍긍하는 딱 그 상태였다.

그런 상황에서 방문한 곳이 고흥 능가사였다. 우리가 도착했을 때 절 뒤의 팔영산 봉우리는 산안개로 가득했다. 솔밭을 등지고 놓인 사적비의 모습이 지금도 생생하다. 열심히 할수록 허무해지는 마음과 좌절감에 사로잡혀 있던 4월의 우울함이 산을 타고 오르던 안개의 속도만큼 빠르게 사라졌다.

송광사의 말사인 이곳은 원래 보현사라 했는데, 임진왜란 때 절이 완전히 불에 타서 소실되었다가 1644년(인조 22)에 다시 절을 일으키면서 능가사로 이름 붙였다. 조선시대 불교계는 국가로부터 공식적인 지원이 끊어진 상황에서 자립적으로 운영할 수 있는 기반을 갖춰야 했다. 불교 교단이 의례를 정비하고 천도 의식을 통해 종교적 기능을 강화한 것은 전란 이후의 상황에 부응해가는 필연적인 과정이었다.

전각을 짓거나 불상, 불화, 불구 등 사찰에 필요한 성물(聖物)은 승려가 직접 만들었다. 불사를 기획하고 시주자를 모아 비용을 마련하고 불상이나 불화를 만들고 봉안하는 전 과정에서 승려의 역할은 세분화되고 더욱 체계화되었다. 모든 것이 사라졌을 때 다시 시작할 용기를 내기까지 얼마나 어려웠을까. 새로 절을 짓고, 함께 이뤄낸 이들을 기록해두자고 했을 것이다. 동시에 언젠가 다시 일어날지 모를, 우리가 어찌할 수 없는 불행을 걱정했을 것이다.

전쟁이라는 큰 고난을 겪은 사회를 주제로 논문을 쓸 때 〈능가사 사적비〉를 참고할 수 있어 고마웠던 일이 떠올랐다. 돌에 새긴 건 전쟁, 화재, 천재지변처럼 예측할 수 없는 재난을 겪은 이들이 생각해낸, 사라지지 않는 방법이었을 것이다. 돌에 새겨진 흔적을 통해 보이지 않는 것들을 떠올리고 상상을 통해 과거의 흔적을 따라가본다. 능가사를 거쳐 순천 송광사에도 들렀다. 부슬비가 그친 오후, 산문을 들어서면서 들은 물소리에 마음이 뚫리는 기분이었다.

현장 조사를 하다 보면 좀 더 연구하고 싶은 주제를 만날 때가 있다. 능가사 출장 이후 사찰에서 필요로 하는 모든 것을 만든 이들, 승려 장인에 대한 관심이 더욱 커졌다. 이럴 때면 돌아온 이후의 예상되는 단계가 있다. 먼저, 계속 그 주제에 마음이 간다. 간단하게 마무리해서 보고서를 제출하면 되는데도 오래전부터 꼭 한번 써보고 싶었던 주제인 것만 같아 마음이 울렁인다. 자신의 잉여 시간이 얼마인지 냉철하게 판단하지 못하고 욕심을 버리지 못한다. 뭐가 있을 것 같고, 알려지지 않은 자료를 찾아내 그 공백을 연결할 수 있을 것 같은 예감이 든다. 그래서 혼자 자료를 모으고 조사를 진행한다. 그러다 계속 다른 샛길로 빠져서 관심사가 그물망처럼 확장된다. 추스르지 못한 자료는 어마어마하게 방대해지고, 이제는 원래 뭐가 궁금했고, 무엇을 연구하고 싶었는지 잘 기억나지 않는다.

그런데도 야근, 휴일 틈틈이, 새벽 시간을 이용해서 들여다봐야지, 하고 결심을 한다. 집중할 수 있는 시간은 매우 띄엄띄엄 생긴다. 지난번에 어디까지 봤는지, 고민의 지점이 뭐였는지 가물가물해진 기억을 다시금 불러와 새로 시작한다. 감 잡았다 싶으면 막차가 끊어지기 전 사무실에서 나가야 하거나, 내일을 위해 자야 할 시간이거나, 출근 준비를 시작해야 할 시간이다. 이상과 현실은 화해할 줄 모르고, 연구는 진전 없이 그 자리만 맴돈다. 뒤엉키는 상황에서 할 수 있는 건 별로 없어서였나. 기대만큼 성과가 나지 않는다며 다양한 어휘와 표현을 동원해 자신에게 실망했음을 털어놓았다.

연구를 하면서 출구가 보이지 않을 때마다 자신을 탓했었다. 이건 좀 후회가 된다. 뭔가 해보려는 사람 앞에 당연히 펼쳐질 일이었다. 자신을 탓하기보다 나아지려는 의지를 접지 않았구나, 포기하지 않고 버텨내주어 고맙다고 말해줬다면 어땠을까.

안정감이 강한 타입은 자신이 가지고 있는 것이 무엇인지 정확하게 알고 있기에 적당한 자부심이 그 안정감을 지탱해준다. 그 대신 정해진 자원에서 한 발자국이라도 더 내딛고자 하고, 더 보고자 하는 욕망은 약하다. 이와 달리 안정감이 약해 보이는 타입이 있다. 진자 운동을 하는 추처럼 끊임없이 흔들리는데, 나는 그런 불안정한 이들에게 마음이 간다. 흔들림과 불안이 발산하는 에너지를 믿기 때문이다. 중요한 것은 하고자 하는 의지와 동기, 삶과 일, 사람에 대한 태도가 아닐까.

공부를 계속 해야 할까요? 후배들의 질문에 대답을 망설일 때가 많다. 어찌 보면 쉬운 질문이지만 내게는 아직 어렵다. 매해 주어지는 업무 위에 나아지는 정도가 잘 보이지 않는 연구의 숙제를 얹어두는 일이 때로는 가혹하다. 순간의 결심으로는 버티기 쉽지 않기에, 정말 하고 싶은지, 그보다 더 심장을 뛰게 하는 일은 없는지 생각해보라고 묻곤 했다.

어떤 일을 할까 말까 고민할 때 하지 말아야 할 이유는 왜 그렇게 잘 떠오르는지 모르겠다. 새로 연구를 시작할 수 없는 이유는 번호를 붙여 적어야 할 만큼 명료하게 정리된다. 모든 게 모호하던 어제의 나와는 사뭇 다르다. 그럼에도 좀 더 조사하고 싶은 주제가 있다면 위시 리스트에 넣어놓는다. 쇼핑 앱에 채워진 장바구니처럼, 당장 구입하지는 않지만 조사 노트가 쌓여갈수록 큐레이터로서의 내 보물도 든든해진다. 지금은 빛을 보지 못하지만, 어떤 우연한 기회에 이야기가 엮어질 기회가 있으리라 기대해본다. 맘껏 연구한다는 건 정말 쉽지 않지만, 퍼즐이 있어야 할 자리를 찾아 그 위치에 놓을 때의 짜릿함을 잊지 못해 그만두지 못하는 일이 하나둘 쌓여간다.

점심시간에 할 수 있는 일

동료들과 자주 가는 식당가는 이촌역 지하통로를 지나 경의중앙선 철길을 건넌 곳에 있다. 국립중앙박물관은 서울의 중심부에 있으면서도 철길 건널목이 가로지르고 있어 건너편과 이곳이 마치 섬처럼 외부와 단절된 느낌이다. 작은 가게들이 오밀조밀 몰려 있는 오래된 동네의 매력이 있다. 한국에 주재하는 외국인, 특히 일본인이 가족 단위로 많이 살아 버스를 타면 일본어 방송이 나오기도 한다. 괜찮은 식당도 꽤 있는 편인데, 맛집 소개 프로그램에서 이름을 날린 식당 앞에는 대기줄이 길게 늘어서 있다.

여느 직장인과 마찬가지로 큐레이터들에게 점심시간은 요긴하고 소중하다. 업무 시간에는 처리할 수 없는 일을 하다 보면 점심시간은 왜 그렇게 빨리 지나가는지, '조금만 더 길었으면' 하고 생각하곤 했다. 아이를 둔 엄마 큐레이터는 초등학교 앞 작은 문구점을 자주 찾는다. 아이들의 준비물을 챙기기 위해서다. 일정한 시점이면 돌아오는 국외 업무를 맡게 된 해에는 아이들의 생일 때마다 한국에 없었다. 출장이 아니어도 정신없기는 마찬가지여서 전날 점심시간이면 부랴부랴 유치원에 보낼 생일카드를 준비하곤 했다.

유물 기증 관련 업무를 하는 사람은 각종 행사를 위한 꽃바구니를 사러 점심시간에 꽃집에 자주 들르고, 출장을 준비하는 누군가는 이웃 박물관을 방문하기 전에 선물할 과자나 빵을 사러 빵집에 들른다. 아픈 데가 갈수록 늘어나는 동료들은 보양 음식뿐 아니라 병원 정보를 공유하고 서로 소개하는데, 점심시간은 병원을 방문하는 데에도 유용하다.

'점심시간에 할 수 있는 일' 하면 떠오르는 일이 있다. 괘불 전시를 위한 소도록을 준비하던 때였다. 야심 차게 시작한 '대형 불화 제작에 드는 비용은?'이란 목차의 원고를 마무리 짓지 못하고 있었다. 불화를 그리기 위해 모인 시주 물품과 화폐의 가치를 알아보기 위해 당시 쌀값과 금값의 교환가치로 가늠하는 일이었다. 모르면 모르는 대로 그대로 둘 걸 괜한 호기심에 한참 길을 잃고 헤매고 있었다. 그럼에도 다행히 대략 책의 편집은 정리되어갔고 책 표지와 핵심 컬러를 선정하는 단계가 되었다. 담당 출판사 디자이너에게 핑크와 그레이가 조합된 도록을 만들고 싶다고 했다. 언젠가 한번은 종교 미술을 주제로 한 책에서 느껴지는 엄숙함과 장중함 대신 색다른 톤의 책을 내고 싶었다. 하여 '핑크빛 붓다'를 제안했다. "괜찮으시겠어요?" 유행 타고 가벼워 보이며 철 지난 무가지 신문 같을 수도 있다며, 국립중앙박물관 책인데 그런 위험을 감수하겠냐는 답이 돌아왔다.

열악한 중소 출판사 입장에서는 빠듯한 예산에 요구 수준은 높기만 한 학예연구직을 상대하는 게 고역임을 잘 알고 있다. 하여 웬만하면 디자이너의 의견을 따르는 편이지만, 별로라는 피드백을 받고도 한번 시도해보고 싶어 강행했다. 표지와 책에 사용할 컬러를 핑크와 그레이로 정한 기념으로 점심시간에 계획에도 없던 사랑니를 뽑았다. 물론 일하다 말고 이를 뽑을 생각은 전혀 없었다. 전시와 도록이라는 두 개의 트랙을 달리다가 도록 표지를 확정하고 '키 컬러'를 정할 즈음이면 사실 안 아픈 곳이 없게 된다. 그날도 그랬다. 며칠째 붓고 아픈 잇몸을 어떻게든 치료해야겠다는 생각으로 치과로 향했을 뿐이다.

치과 의사가 핑크빛 옷을 입고 있어 우선 경계심이 사라졌다. "사랑니를 뽑으시면 어떻겠어요?" 하고 어찌나 친절하게 묻는지, 당시 들었던 가장 다정한 말이었다. 언제 또 병원에 올 시간을 만들겠냐 싶었다. 안 그래도 계속되는 수면 부족으로 괴롭던 차에, 이제 아픈 이를 보내야겠다 싶어 그러겠다고 했다. 흔쾌히 결정은 했으나 의사가 준비하는 동안 속수무책의 마음이 되었다. 그 순간을 기다리는 초조함과 불안감에 할 필요도 없는 질문을 한다.

"저… 사랑니 뽑는 거, 아픈가요?"
"늘 하는 일이라 안 아프게 뽑아드려요."

따뜻한 목소리에 무한한 신뢰가 생긴다. 사람은 기술이 있어야 한다는 게 이런 건가 싶었다. 저 의사는 일과 자신의 거리를 안전하게 유지하면서 가족에게도, 친구에게도, 자신에게도 너그럽지 않을까. 점심시간에 난데없이 누군가의 사랑니를 뽑게 할 정도로 남의 마음도 움직이고 말이다. 일주일 동안 우리 집 네 살배기 아이는 엄마 얼굴을 한 번도 못 봤다. 그 의사는 적어도 자신의 업무와 일상에서 의지와 체력을 저울질하거나, 허구한 날 슬럼프에 빠져 현실과 이상을 고민하지는 않을 것 같았다. 늘 하는 일은 마찬가지인데, 큐레이터로 산다는 것은 왜 이럴까.

점심시간이 끝나가고 있었다. 입안에 솜을 꽉 문 채 빠른 걸음으로 박물관으로 돌아왔다. 그 한낮 모든 사물은 흑백 영화처럼 그레이 모노톤인데 세상에 존재하는 핑크들만 제 색을 드러내는 환영이 보였다. 계속되는 야근에 몸살 기운으로 신체 리듬이 저조한 데다 사랑니를 뽑아서 오후를 힘들게 보냈다. 그래도 몸이 가벼워진 느낌이 나쁘진 않다며 스스로에게 말을 건넸다. 마취가 풀리고 정신이 제자리로 돌아오기를 기다리며 나의 하루 일과를 써봤다. 진행 중인 일과 마친 일, 끝내야 할 일의 로드맵을 계속 체크하는 게 습관이 된 지 오래다. 어디서 어떤 일이 터질지 모를 두려움과 긴장을 이겨내는 나름의 방법이다.

그리고 이렇게 저렇게 우여곡절 끝에 나온 책이 바로 『꽃을 든 부처』(2006)다. 개인적으로 무척 아끼고 좋아하는 핑크빛 책이다.

한여름 밤의 악몽

마감 그리고 또 마감, 하나를 끝마쳐도 마감을 넘긴 일은 아직 남아 있다. 떨어진 일들 사이에서 걸음을 옮기는 일이 벅차면서도, 하고 싶은 다른 일을 떠올리는 습관 때문에 악순환은 계속된다. 끝이 없을 것처럼 막막할 때면 '아! 빨리 숙제 끝내고 다른 거 한번 해볼까?' 어딘가로든 도망가고 싶은 마음에 이런저런 생각을 하게 된다. 우리가 할 수 있는 일이나 재미있어하는 세상을 전문 연구자뿐 아니라 좀 더 많은 이들과 함께 나누고 싶다는 바람이 컸던 때였다.

나는 백업에 약한 학예연구사라 불렸다. 나를 이루는 일관된 정체성이 별로 없는데, 그나마 명확한 특징 중 하나였다. 컴퓨터와 보내는 시간이 많아지다 보면 비몽사몽 작업할 때가 많다. 이런 막연한 주제로 원고가 만들어질 수 있을까, 과연 내가 해낼 수 있을까 하는 회의가 이미 여러 차례 오간 다음이다. 발표를 앞두고 토론자에게 원고를 보낼 마감은 이미 지났고 학회에 제출할 원고의 최종 기한이 다가온다. 굳이 그런 바쁠 때 분명하게 거절하지 못한 내 결단력을 자책하게 된다. 입술이 바짝바짝 마르는 시기를 지나 다시는 학회 발표 같은 것은 하지 말자고 다짐한다. 외부 요청으로 쓰는 원고는 이게 마지막이라고 결연하게 마음먹는다.

그러다가도 갑자기 손에 힘이 들어가 무슨 내용인지도 모르고 마구 노트북을 두드리고 있을 때가 있다. 그날도 그런 날이었다. 영감을 받은 연구자처럼 자판 두드리는 소리가 "다다다닥" 울리는 가운데 모니터에 뭔가 굉장히 낯선 화면이 떠올랐다. 무엇에 홀린 듯 화면에 뜬 메시지창 아무 데나 꾸욱 눌렀다.

정신을 차리고 보니 '컴퓨터를 마지막 저장 상태로 되돌리겠습니까?'라는 메시지가 뜨고, 나는 공손하게 '예'라고 대답한 것이다. 어떻게 그런 일이 일어났는지, 내가 왜 그랬는지 알 수 없는 일이 가끔 일어나는데, 그날도 그랬다. 지금까지 작업한 내용이 사라지고 파일은 전날 밤으로 복귀했다. 하루 종일 짬을 내어 틈틈이 고치고 다듬은 원고, 아이디어들, 엮어놓은 스토리가 공중 분해된 것이다. 한심하고 어처구니없는 실수에 멍해졌다. 바로 얼마 전에도 비슷한 일이 있었다. 백업에 약한 나는 이런 일이 낯설지 않다.

실내 허용 온도 28도를 딱 지키는 사무실, 여름날의 야근은 지치고 축축 늘어지는 몸을 추스르느라 고달프다. 희미하게 들리는 공조기의 에어컨 소리는 오후 6시가 되려면 아직 10분이나 남았는데, 오늘도 오후 5시 50분, 정확한 시간에 꺼진다. 갑자기 정적이 흐르면, 낮 동안 에어컨이 돌아가고 있는 게 맞냐며 의심했던 것을 반성한다. 사무실 각 방의 온습도를 총괄하는 중앙방재실에서 오늘 실수로 우리 방 전원 켜는 것을 잊은 건 아닐까, 거의 매일 이런 대화를 동료와 나누어왔던 차였다. 희미하게나마 이어지던 천장의 한 줄기 바람마저 끊어지면 그야말로 습하고 더운 여름밤이 시작된다.

7, 8월의 야근은 정말로 피하고 싶지만, 가을 전시를 앞두면 피할 방법이 없다. 끈적이는 공기를 견디며 지지부진하기만 한 특별전 도록 논고를 근근이 다 써내려갈 즈음이었다. "수고해." 옆자리 연구관이 먼저 퇴근한다며 가뿐히 인사를 건네고 나가는 순간 나는 얼음이 되었다.

파티션을 사이에 두고 나란히 책상이 놓여 있어 연구관과 나는 멀티탭을 함께 쓰고 있었다. 그가 전원을 끈 순간 내 컴퓨터도, 빈 문서에 작성 중이던 내 파일도 꺼졌다. 저장하지 않은 문서였기에 복구가 안 된다. 끙끙거리며 쓴 글이 다 날아갔다. 어쩌자고 나는 저장하지도 않고 원고를 쓰고 있었던 것일까. 굳이 변명하자면 하도 맺음말이 안 써져서였다. 새 문서를 열어 아무 것도 없는 빈 화면에 새 마음으로, 오늘 못 쓰면 집에 안 간다는 비장한 마음으로 쓰고 가야겠다며 마무리하던 즈음이었다.

커피 한 잔을 마시고 밖에 나가 산책이라도 하고 싶은 마음이지만, 그때는 그런 식으로 스스로를 위로하거나 연민을 느낄 여유도 시간도 없었다. 잊기 전에 기억을 되살려야 한다는 조급함에 불가능할 것 같은 자기 기억 복기 프로그램을 되돌렸다. 세상에, 무엇을 쓰고 있었는지 전혀 기억이 안 난다. 아니 어떤 기술로 이토록 기억이 안 나는 글을 썼던 거지? 바로 좀 전의 일인데….

모두 날리고 나니 내가 얼마나 억지로 원고를 쓰고 있었던가를 실감했다. 공중 분해되고 나니 머리가 홀가분해졌다. 복기가 안 되는 글은 애초 내 글이 아니었나 보다. 차가운 물을 한 잔 마시고 두 팔을 위로 뻗어 모니터 앞에서 스트레칭을 했다. 다시 시작하자 생각보다 맺음말이 단숨에 쓰였다. 주제에 대해 내가 말하고자 했던 메시지가 무엇이었는지 그제야 알 것 같았다. 맺음말을 다시 쓰니 인트로 원고도 고쳐야 했다. 〈고려불화대전〉 특별전(2010)의 도록 원고는 멀티탭을 끄고 나간 선배 덕분에 훨씬 나아졌다.

누구에게나 생을 정리해야 할 순간이 온다. 현세와 다음 생의 전환기, 죽음이라 부르는 영역에 들었으나 아직 죽지 않았으며, 살아 있다고 하기에 현생의 영역에 어떤 개입도 할 수 없는 순간, 이른바 불교에서 말하는 중음신中陰身의 상태이다. 정토와 지옥의 갈림길에 선 영혼을 위해 살아 있는 자의 기도가 효험을 발휘할 수 있을 때, 아직은 심판의 시간까지 여유가 있다. 이 두 영역의 경계에 연꽃이 피어난다.

사람의 손에 의해 만들어진 오래된 불화의 감동은 크고 강하다. 스스로의 존재를 말없이 입증하는 강한 기운에 압도당한 경험이 있는 사람에게 불화에 대한 장황한 설명은 다소 무의미하게 느껴질 수 있다. 자세히 관찰하면 할수록 어떤 분석도 지엽적으로 느껴지는 순간이 있다. 과거의 사회와 문화와 신앙이라는 큰 흐름 속에서 유물을 이해하려는 것은 어떤 의미에서는 압도당하지 않으려는 우리의 작은 노력에 그칠 뿐일는지도 모른다.

하나의 이야기만 남겨야 한다면

미술사를 공부하다 보면 각 시대마다 결정적인 작품이 있음을 알게 된다. 시험에 자주 출제되는 핵심 문제, 한 시대를 대표하는 인물 또는 사건처럼 말이다. 유물도 마찬가지다.

한때 나는 유물은 모두 같은 무게를 지니고 있다고 생각했다. 각각의 유물은 저마다의 고유 번호를 지니고 있지만, 이들 중에도 아무도 불러주지 않는 까닭에 평생 수장고 바깥으로 나가지 못하는 유물도 있다. 국립중앙박물관의 소장품 중에는 발굴매장문화재 비중이 큰데, 땅에서 출토된 이 유물들은 완전한 형태가 아닌 경우가 많아 바깥 출입이 쉽지 않다. 이에 비해 국보 반가사유상이나 신라 금관처럼 전시 때마다 국내외 박물관과 타 기관의 대여 요청과 러브콜을 받는 국가대표급 유물이 있다. 세상의 가치로 '명품'이라 일컫는 전시품이 박물관 업계에도 항상 존재한다. 다른 유물처럼 하나의 번호를 달고 있지만 이들을 바라보는 시선, 대우, 인기도, 보험 평가액은 하늘과 땅 차이다.

어떤 전시라도 전시 주제에 관련한 모든 작품을 다 보여줄 수는 없다. 핵심 작품을 선정해야 한다. 대부분의 전시에는 '절대반지' 같은 주요 유물이 있다. 그런데 이미 스타가 된 유물만 매번 절대반지가 되어야 할까? 한때의 스타가 새로운 라이징 스타에게 자리를 내어주듯이, 유물도 그러할 수는 없을까? 아무도 불러주지 않는 유물도 누군가 자신의 가치와 의미를 알아봐주기를 기다리고 있다. 어제의 스타 지망생이 내일은 스타가 될 수 있는 것처럼 말이다. 좋은 유물은 그 자체로 돋보이며 어떤 메시지보다 우월하게 자신의 존재감을 드러낸다.

전시 때마다 항상 좋은 유물을 확보하고 싶은 마음에 끝까지 포기하지 못할 때가 종종 있다. 사실 유물 확보가 쉽지 않을 때가 제일 힘들고 막막하다. 유물을 빌리기 위한 여러 차례의 설득과 방문, 협의에 지치다 보면 나를 지탱하는 것은 욕심인가 탐욕인가 아집인가 하며 고민의 무아지경에 빠지기도 한다.

상대적으로 좋은 유물을 선정하더라도 함정은 있다. 명품만 쭉 모아놓은 전시를 속되게 표현해서 '명품 백화점'이라 하는데, 이런 전시라고 꼭 성공하는 법은 없다. 하이라이트가 많아 사방팔방 좋은 유물들에 묻혀 있게 되면 관람객의 시선을 분산시키고 오히려 감흥과 감동을 주는 데 실패할 수 있다. 유물이 던져주는 메시지를 친절하게, 충분하게 설명하지 않고 '와서 봐라' 식의 전시를 답습할 수 있다는 점도 명품 전시의 한계다. 따라서 명품 출품 여부로 전시의 수준을 판가름하는 프레임에 빠지지 않아야 한다. 사실 전시 규모가 크고 명품이 많이 나왔다는 것은 그만큼 책임질 것이 많다는 것을 의미한다. 열 가지의 이야기 중 다 버리고 한 가지만을 남긴다면, 무엇을 남길까를 고민한다. 이 전시에서 결코 포기할 수 없는 메시지, 가장 기본은 무엇일지를 자신에게 질문한다.

꼭 그런 건 아니지만 대체로 고고학 전공 큐레이터들은 전시 이력이 없는 새로운 자료, 최초 공개되는 유물에 가중치를 부여하는 경향이 있다. 시니컬한 한 선배는 전시에서 새로운 자료가 소개되지 않는다면 아무 의미가 없다며 매섭게 몰아세운다. 여기가 백화점이냐고 매번 어떻게 신상만 전시할 수 있냐고 나 역시 날카롭게 쏘아붙이지만, 새로 발굴된 전시품, 미공개 전시품, 새로운 자료와 연구 성과 소개는 좋은 전시의 평가 기준 중 하나라는 것을 모르지 않는다.

과거에 비해 한 단계 나아진 전시를 만들기 위해서는 여러 측면을 안배해야 한다. 내부 비판은 비판대로 수용할 수 있는 방법을 찾는다. 무엇보다 관람객과 유물을 어떻게 만나게 할지를 우선적으로 생각하려고 노력한다. 같은 유물도 어떤 관점과 주제로 전시하느냐에 따라 해석이 달라지기에 어떻게 전시의 기승전결을 잡을지, 그에 맞추어 어떤 유물을 배치할지를 고민한다.

기승전결의 서사를 만드는 한편으로 핵심을 놓치지 않기 위해 스스로에게, 함께 전시를 준비하는 이들에게, 지나가는 길고양이에게도 퀴즈를 던진다. 이 전시를 한 단락 혹은 한 문장으로 말한다면 어떻게 정리할 수 있을까. 산으로 간 전시를 다시 산 아래로 내리고, 다른 산을 다시 올라야 하는 암담함을 지나며 원하는 목적지로 궤도를 잡아나간다. 그러다 보면 어느덧 전시가 완성되는 소리가 들린다.

끝내 포기할 수 없는 것

청양 장곡사에는 고려시대인 1346년에 제작된 금동약사여래좌상이 있다. 1959년 이 불상 안에서 발원문 하나가 발견되었다. 10미터가 넘는 비단 발원문에는 천여 명이 넘는 사람들의 바람이 빼곡하게 적혀 있다. 대고려 특별전을 준비할 때 이 약사불상과 발원문을 빌리러 장곡사를 세 번 찾았다.

긴 고민과 숙고의 시간 끝에 승낙하셨던 주지 스님이 아무래도 안 되겠다며 차용 승인을 철회한 것은 8월 중순의 말복 즈음이었다. 두 번째 찾아뵌 주지 스님의 방에서 무릎을 꿇고 한참을 앉아 있었다. 해야 할 노력을 다했으나 뭔가 미진한 듯했다. 학술지에 논문을 투고하려고 모아둔 게재료를 대웅전에 연등을 올리는 데 썼다. '더 많은 사람이 고려시대 약사불을 만날 기회를 주십시오, 좋은 순간을 혼자만 보는 것은 너무 아쉽습니다.' 의지할 곳이 없는 마음에 저절로 기도가 나왔다.

몇 개월에 걸친 협상과 부탁, 그리고 간절한 기도 덕분에 드디어 승낙을 받아냈을 때 폴짝폴짝 뛰면서 전시 디자이너에게 달려갔다. 승낙을 번복하셨던 스님이 드디어 출품을 결정하셨다며 기뻐 어쩔 줄 몰라 하는 내게 좀 냉정하게 현실을 보라는 싸늘한 반응이 돌아왔다.

"10미터가 넘는 장을 어떻게 짜요? 지금까지 전시하겠다고 모아놓은 유물만도 박물관 세워진 이래 가장 긴 동선이 나오게 생겼는데."

"이건 정말 둘도 없는 유물이야. 귀하고 귀한 발원문이라고요."

"아니, 그건 그거고, 어디다 놓을 거냐고요?"

디자이너는 눈치 없는 큐레이터가 자꾸만 살려내는 전시품을 온전히 구현해내기 위해 진땀을 흘린다. 이런저런 준비를 거쳐 2018년 12월, 고려 건국 1100주년을 기념하는 특별전이 〈대고려, 그 찬란한 도전〉이라는 제목으로 열렸다. 89일의 전시 기간 동안 17만 명이 넘는 관람객이 찾았다. 하루 평균 1,920명으로, 그간 박물관이 개최한 한국 문화재 전시 중 가장 많은 관람객이었다.

전시의 주된 구성은 '고려로의 시간 여행'이었다. 언젠가는 시간 여행자를 위한 안내서를 만들어보고 싶었기에 한 권의 이야기책을 읽듯이 고려를 들려주자는 콘셉트로 전시를 준비했다. 전시를 바라보던 이들의 표정에 담긴 빛과 미소를 보면, '그래. 큐레이터는 만남의 주선자로 살 때 가장 신나는구나' 하는 생각이 들었다. 유물 앞에 서 있는 관람객의 뒷모습을 볼 때 가장 행복하다. 자신만의 시간을 보내는 이들이 천천히 고려 사원의 앞마당을 지나 조용한 침묵 속에 산책하듯 걷고 있었다. 전시실의 슬로건, 패널, 설명카드를 꼼꼼히 읽으며 오래 바라보고 생각에 잠긴 모습이 무척 아름다웠다.

관람객의 발걸음을 잡은 전시품 중에는 삼고초려 끝에 대여해온 장곡사의 유물이 있었다. 차용을 승낙해준 주지 스님과 냉철한 전시 디자이너 덕분에 '다음 생에는 남자로 태어나게 해주세요', '두 살짜리 아이가 장수하기를 기원합니다'와 같이 천 년 전 사람들의 바람이 특별전을 찾은 사람들의 마음에 와닿을 수 있었다.

전시를 준비하여 개막하고 90일의 전시 기간을 지나 철수하기까지, 함께 기획하고 협업한 이들의 진행 과정을 담아 〈대고려, 그 찬란한 도전〉 백서를 발행했다. 전시 과정과 경과를 기록해두기 위함이었다. 그럼에도 아쉬움은 남았다. 특별전을 진행하면서 시도할 수 있는 다양한 일을 했지만, 꼭 해보고 싶었던 한 가지를 못했기 때문이다. 함께 걸으며 충분히 대화를 나누지 못해 아쉬웠고, 인파에 밀려 충분히 전시를 보지 못한 분들의 관람 후기를 보면 미안했다. 하여 처음에는 영화로 치면 일종의 감독판과 같은 책을 구상했었다. '고려전 어디까지 봤니?' 정도가 될까. 〈대고려, 그 찬란한 도전〉의 뒷얘기를 담은 메이킹 필름 같은 책을 남겨두고 싶었지만 여러 이유로 실현하지 못했다. 어떤 일이든 꼭 되어야 할 일이라면 언젠가는 되겠지, 때가 있는 거겠지 생각해본다.

체념,
도리를 깨닫는 마음

전시를 준비할 때는 외부 유물의 차용 협의를 마무리하는 시점을 정해야 한다. 외부 소장품의 차용이 성사되는지 여부에 따라 전시 구성이 확정되고 공간을 어떻게 기획할 것인지 등이 결정되기에 이 시기가 너무 늦어지면 안 된다. 이제 협의는 그만하고 희망 고문도 멈추고 다음 단계로 진입해야 하는 시점이다. 이론적으로는 이제 멈추어야 한다는 걸 알고 있지만 불가능해 보이는 상황에서 무모한 시도를 다시 하게 될 때가 있다. 전시를 찾은 관람객과 좋은 순간을 함께 나누고 싶은 마음에 유물 욕심을 접지 못해서다.

유물을 대여하기 위해 백방으로 발품을 팔던 어느 날이었다. 부처님을 도둑이 들고 가는 것이랑 박물관에서 가져가는 것이랑 뭐가 다르냐고, 사람들 눈요기시키려고 우리 부처님을 모셔 가려는 거냐고 묻는 어느 스님 앞에서 눈물이 핑 돌았던 일이 있었다. 스님에게 그런 불안감을 안기는 것뿐 아니라 나 스스로 모욕감을 느끼면서까지 출품할 수는 없는 것 아닌가. 도둑이라니….

희망을 가지고 내려왔다 마음만 뒤숭숭해진 채 서울로 향했다. 여러 방식의 노력에도 안 되는 일이 있다. 어떤 행동을 하고 어떤 노력을 할 것인지는 내 의지이지만, 결과는 내가 좌지우지할 수 없다. 그럼에도 나는 무엇을 하고 있는 것이며 어디를 향하는 걸까 어쩔 줄 모르겠는 밤이 있다. 지금의 나는 체념의 상태구나, 되뇌었다.

허탈해질 때 사전을 찾는다. 단어의 개념을 확인하는 실용적인 목적도 있지만 현재로부터 살짝 방향을 틀어보는 일종의 놀이다. 이제 접을까? 내 마음을 국어사전에 묻는다. 체념이란 포기하는 것, 실망하는 것, 하던 노력을 중단해야겠다 마음먹는 것, 한 방향으로 향하던 과속에 브레이크를 거는 것이라 짐작하며 사전을 뒤적인다. 의외의 답이 나온다.

> 체념(諦念)
>
> 1. 희망을 버리고 아주 단념함.
>
> 2. 도리를 깨닫는 마음.

품었던 생각이나 기대, 희망 등을 아주 버리고 더 이상 기대하지 않는다는 첫 번째 뜻풀이보다 두 번째 '도리를 깨닫는 마음'에 눈길이 머문다. 다시 궁금해진다. 그럼 도리는 어떤 의미이지?

> 도리(道理)
>
> 1. 사람이 어떤 입장에서 마땅히 행하여야 할 바른 길.
>
> 2. 어떤 일을 해 나갈 방도(方道).

오늘 밤 나는 희망을 버리고 아주 단념할 뻔했다. 내가 이해한 대로 정리하자면, 우리가 하고 있는 일, 바른 길이라고 믿고 가는 지점을 깨달았다. 나는 왜 전시를 하고자 하는가. 왜 모욕감을 느끼면서도 불가능한 일에 도전을 하는 걸까. 사람과 사람 사이의 최소한의 거리와 관계를 상하게 하고 마음을 다쳐가면서까지 해야겠다고 정한 목표를 고집하지 말자. 바른 길과 방법을 잃지는 말자고 일기에 적었다.

곧바로 이어진 다음 출장지는 경상도다. 12월 29일과 30일, 상주와 안동을 들르는 1박 2일 출장이었다. 이듬해의 괘불 전시를 위한 유물 차용과 대고려 특별전의 고려 관음보살상 차용 건을 함께 진행해야 했다. 동료 큐레이터도 함께였지만 가장 강렬한 동행은 대상포진이었다. 병원에서 대상포진 진단을 받았지만, 어렵게 출품을 결정한 주지 스님께 감사 인사이자 첫인사를 드려야 했으며, 이듬해 전시를 위한 또 다른 미팅도 어렵게 잡은 터라 다른 이를 보낼 수도 취소할 수도 없었다.

오랜 공직 생활로 연륜이 쌓인 서무 선생님은 병을 우습게 보고 무리했다가 큰일(?)에 봉착했던 워커홀릭의 사례를 여럿 알고 계셨다. 대상포진으로 전신마비가 된 도서관 과장님의 이야기를 포함해 이전 발령지에서 겪었던 무시무시한 사연을 실감나게 들려주셨다. 꼭 가야 했냐고? 돌이켜보면 갈 수밖에 없는 상황이라는 생각은 내 착각이다. 나 말고도 잘할 사람, 오히려 더 잘할 사람이 많이 있는데, 내 욕심이었다.

어쨌거나 그런 역동적이고 공포스러운 연말을 보내고 새해가 되었다. 대상포진의 바이러스 감염 질환을 치료하는 항바이러스제를 연거푸 복용하고 병원에 들러 일주일치 진통제를 타서 출근한다. 공부 이야기, 논문 이야기에 시간 가는 줄 모르던 동료들이 이제 누군가가 아픈 이야기를 시작하면 말이 끊어질 새가 없다. 각종 병원, 의학 지식과 정보를 한바탕 정리하고, 누군가 어디에 좋은 약으로 주제를 바꿀 즈음이면 이제 자리를 정리할 시간이다.

아, 대고려 특별전에 반전 드라마가 있다. 도둑과 나를 나란히 거론하셨던 스님의 결단 덕분에 부처님은 무사히 첫 서울 나들이를 할 수 있었다. 17만 명이 넘는 이들이 고려 사원의 앞마당을 거닐 수 있는 곳에서 공감의 일인자를 마주했다. 박물관이 자신보다 부처님을 더 잘 모신다고, 내가 들었던 칭찬 중 가장 강력한 칭찬을 들었다. 나로서는 어려울 때 꺼내볼 수 있는 기운 나는 격려의 순간을 갖게 되었다. 오래 잊지 말아야지 마음에 새기는 기억이 또 하나 생겼다.

삶을 바꾸는 결정적 만남

특별전 준비 기간, 이번에는 해인사로 가는 긴 여정이다. 유물 운송을 천직으로 여기는 운송업체의 S는 달리는 차 안에서 생활의 고단함을 털어낸다. 그저 듣고, 먼 곳을 보고, 끄떡이고, 때로는 같이 울분을 느끼고 공감하다 보니 숲이 나온다. 이제 스님을 만나고, 설득하고, 승낙을 기다려야 할 차례다. 사찰에 모셔져 있는 성보(聖寶) 문화재가 박물관이라는 공공장소에서 다수의 사람을 만나기까지는 힘들고 어려운 여러 단계를 거친다. 오랜 고민 끝에 내린 스님의 용단이 헛되지 않도록 나 또한 마음을 다한다.

종교 미술은 현실의 고난을 이겨내고 일상의 버팀목이 되었던 존재를 다루기에, 사람들의 바람이 모여 예술이 될 때의 그 힘과 공감을 관람객에게 전할 수 있도록 노력해야 한다. 대고려 특별전의 경우에는 왕궁–사원–세속의 세 축을 중심으로 해서 정치 권력과 문화의 중심인 수도 개성(개경)의 미술에서 종교의 성소로, 다시 일상의 공간으로 점차 확장되도록 기획했다. 그리고 전시의 스토리에 태조 왕건과 희랑대사 이야기를 배치했다.

영웅의 일대기에는 위대한 성인과의 결정적 만남이 꼭 등장한다. 새로운 세계로 출발한 영웅은 예상치 못한 도전을 맞닥뜨리고, 지혜와 연륜이 있는 인물이 홀연히 나타나 주인공을 돕는다. 태조 왕건과 해인사의 희랑대사의 만남도 그러한 결정적인 만남이었다.

희랑대사는 왕건의 정신적 지주로 후삼국 시대 수세에 몰린 왕건을 도왔으며, 고려 건국 이후에는 왕의 스승이 되었다. 고려 오백 년을 지속하게 한 힘을 생각하며, 스승과 제자의 만남을 상상했다. 무심히 흘려보내는 시간 속에 우리 삶의 결정적인 순간이 있다는 것이 떠올랐다. 천 년 전의 어느 날과 같은 만남이 전시 공간에서도 이루어지기를 바랐다.

해인사 출장길에는 놀라운 만남이 하나 있었다. 당일 출장으로 먼저 올라가려고 했던 디자이너와 보존과학자 P를 하루 더 있다 가게 붙잡았다. 옷은 물론이고 칫솔도 안 가지고 왔다는데, 이것도 다 전시를 위한 수련의 과정이라 권하며 그들에게 담배도 술도 안 되는 템플스테이 방을 잡아주었다.

자포자기한 P와 경내를 거닐다 공양간이 있는 곳에서 멧돼지 한 마리를 보았다. 나름 도시 남자인 그는 깜짝 놀라 순식간에 들고 있던 우산을 펼쳤다. 나는 심드렁한 표정으로 비닐봉지 부스럭거리는 소리만 안 내면 별일 없다고 얘기했다. 나를 노려보는 눈이 매섭다.

디자이너, 보존과학자, 큐레이터 3인방은 가야산 자락의 공기를 온몸에 채우고 새벽에 다시 만났다. 설설 끓는 템플스테이방에서 거의 인절미 상태가 된 채였다. 새벽 별을 보며 예불을 올리고 경내를 산책할 즈음에는 어슴푸레 해가 밝아왔다.

일주문 계단을 내려가려는데, 반대쪽에서 나를 먼저 본 상대가 당황하면서 올라오던 길을 되돌아간다. '쿵쾅쾅' 하는 진동만으로도 제법 무게가 나가는 듯했다. 세상에! 또 멧돼지였다. 계단도 엄청 가파른데 얼마나 놀랐으면 저렇게 급히 후다닥 도망을 칠까.

혹시 바른 마음으로 새벽을 맞이하기 위해 일주문 계단을 오르고 있었던 것은 아닐까. 고요한 새벽 사찰에 남은 공기의 떨림. 내가 누군가를 이렇게나 깜짝 놀라게 하는 존재라니, 멧돼지에게 미안한 마음이었다. 장경각이 위치한 곳, 희랑대사상이 천 년을 버텨온 곳에서의 이틀은 멧돼지와의 만남으로 더욱 특별해졌다.

오픈 안 한 전시는 없다

남도에 근무하던 어느 해 4월, 봄날은 '사람의 눈빛이 제철'이라는 어느 시인의 시구를 떠올리는 것도 타인과 눈을 마주치는 것도 쉽지 않을 때였다. 모두가 상실감으로 가득했던 어느 날, 스님 친구가 보내준 햇차가 도착했다. "초의와 다산의 깊은 다연처럼 오래도록 좋은 인연 함께 해주시길." 짧지만 따뜻한 메모에 조금 울컥했다.

잘 우려낸 연녹색 녹차를 옆에 두고 원고를 썼다. 지금 할 수 있는 건 내게 주어진 몫을 해내고, 곁에 머무는 일상을 소중하게 대하는 것 이외에는 없는 것 같았다. 차를 내리면 티백을 마실 때는 알지 못했던 찻잎의 색을 보게 된다. 여린 찻잎에 열기를 살짝 식힌 물을 붓자 달큼한 향이 우러났다.

원고 마감은 3일 앞으로 다가왔는데 온 길보다 가야 할 길이 훨씬 더 아득하다. 그래도 걷고 있으니 발이 닿는 지점이 있을 것이다. 끝이 날 것이다. 좋은 날씨에도 밖으로 나가지 못하고 어두운 공간에 머물고 있지만, 차 한 잔을 마시며 이 생각 저 생각 펼쳐나가게 내버려두었다.

전시를 준비 중인 나의 하루는 전시를 어떻게 풀어낼 것인가 같은 고민보다 해야 할 일, 곧 'to do list'를 해치우는 시간으로 채워진다. 하루 중 10퍼센트라도 자신이 하고 싶은 일과 생각에 몰입할 수 있다면 행복한 사람이 될 수 있을 것만 같았다.

"야, 오픈 안 한 전시는 없다, 어지간히 해라. 시간 지나면 다 되어 있을 거다." 퇴근하는 선배가 총총 사라지고 그의 말만 내 주위에 남았다. 밤이 되면 여는 문마다 상자가 쏟아져 내리는 악몽을 꾸었다. 한 걸음도 내 발로 내딛지 않으면 앞으로 나아갈 수 없다는 압박감에 짓눌렸다. 다들 이렇게 사는 거 아닌가 싶다가도, 혹시 능력 이상으로 잘해보려는 마음 때문에 어둠의 번뇌가 사라지지 않는 것은 아닐까 하는 지점에 이르렀다.

그러던 어느 날 "그래, 오픈 안 한 전시는 없잖아" 하며 스스로에게 말을 거는 순간이 드디어 내게도 왔다. 체력이며 정신력이 바닥을 칠 때쯤이면 그 말도 안 되는 위로가 소중해지고 그 말을 믿고 싶어진다. 아마도 개막일이 코앞에 닥친 시점이었을 것이다. 우리끼리는 "일주일째 빨래를 못해 갈아 신을 양말이 더 이상 없다"는 둥, "아이들 얼굴 못 본 지 며칠이 지났다"는 둥, "집에 가보면 여름옷 입은 애가 머리는 산발이 된 채 겨울을 맞이하고 있다"는 등의 이야기를 하게 될 즈음이었다.

받아들이기 어렵고 항변할 이유도 많지만, 어찌 보면 맞는 말이다. 오픈 안 한 전시는 없다.

엄마는 큐레이터

연구자가 되고 싶었으나 늘 연구는 지지부진하고 정체성이 명확하지 않다고 말하면 으레 이런 질문을 받는다. "큐레이터가 연구직이에요?" 큐레이터 중에는 연구직 공무원도 있다고 하면 굉장히 갸우뚱한 표정을 짓는다. 큐레이터는 정말 알 것 같기도 하고 모를 것 같기도 한 직업군이다. 어떤 때는 유물을 다루는 핸들러였다가 어떤 때는 행사 엔터테이너였다가, 마케팅 전문가가 되어야 한다. 그리고 가끔은, 사실은, 언제나 연구자여야 한다.

"우리가 연구직이었어?"

동료들과 자조적인 대화를 씁쓸하게 나눌 때가 있다. 명색이 연구직 공무원이니 박물관 업무가 곧 연구 아니냐고 생각하는 이가 많다. 하지만 업무가 곧 연구인 부서는 실상 많지 않고, 근무할 기회도 한정적이다.

전시를 준비 중인 큐레이터는 유물을 조사하고 전시 대상품을 고르고 외부 기관과 협상을 진행하며 행사를 기획하는 데 많은 시간을 보낸다. 업체와 미팅을 진행하고 계약을 준비하고 도록 원고를 쓰면서 전시와 연계된 사전 행사, 학술대회, 강연회를 준비한다. 오픈이 다가올 즈음이면 낮에는 호송관이나 보존과학자와 함께 전시품을 설치하고 디자이너와 전시 공간의 패널과 그래픽을 교정보고 컨펌을 진행한다. 거기에 공무원 조직의 일원으로 행정 시스템을 유지하기 위한 일반 업무는 선택이 아닌 필수다.

수장고 문이 닫히는 저녁 6시가 지나면 조용히 연구실에 돌아와 앉는다. 낮에 열어놓은 서랍의 일은 아직 정리하지 않았지만 머릿속의 다른 서랍을 열 시간이다. 책상에 널브러진 엑셀표와 도면, 행사 계획안을 한쪽으로 치운다.

동료 C는 두 아이를 금요일 야근을 마친 토요일과 공휴일에 각각 낳았다. 어제까지 테마전 도록을 교정보고 오늘 아침 출근하는 대신 병원에 간 이의 책상에는 야근의 흔적이 남아 있다. 우리 집 둘째도 출산 예정일보다 3주 먼저 나왔다. 하루하루 쑥쑥 자라야 할 출산 직전의 마지막 달을 다 채우지 못하고 가벼운 몸무게로 세상에 나온 아이를 옆에 둔 채 산후조리원에서 인쇄 전 마지막 교정을 보았다. 산후조리원 원장은 퀵서비스 기사에게서 건네받은 누런 봉투를 최대한 몸에서 멀리 떨어트려놓고 칙칙 스프레이 소독제를 뿌렸다. 산모에게 건네주는 표정에는 도대체 이게 뭐냐는 의심으로 가득하다. 어른거리는 눈으로 교정지에서 월척을 건졌다며 환호했었다. 그 오자를 잡지 않았다면 큰일 날 뻔했고,. 인쇄 전에 찾은 건 정말 다행이었지만 돌이켜보면 과연 그것이 진짜 큰일이었을까.

후배 O의 첫째는 엄마와 동물원 가고 싶다고 노래를 부른다고 했다. 동물을 정말 좋아한단다. 연내에 내야 하는 연구조사보고서나 『미술자료』, 영문 학술 저널 같은 학술지의 최종 교정본을 모두 넘기고 나니 12월 연말이다. 아이가 그토록 원하던 동물원에 함께 놀러 갔으나 동물들은 대부분 겨울잠에 들어갔단다. 하여 플라스틱 모형 동물 옆에서 찍었다는 사진을 보여준다.

"엄마는 나보다 서른여섯 살 많은 친구야."

아직은 다정하게 바라봐주는 아이들에게 큐레이터 엄마 아빠는 늘 노트북 앞에 앉은 뒷모습으로 기억되기도 한다. 아이들은 그림책에 포스트잇을 붙이며 작품을 고르는 흉내를 내며 논다. 아이들이 어릴 때는 도서관에서 놀아주는 것이 최선이었다. 나는 일하고 아이는 책을 볼 수 있는 곳, 적어도 아이가 내게 놀아달라고 말을 걸지 않는 시간을 잠깐이라도 확보할 수 있는 곳이 도서관이 때문이다.

어느 날 밤엔가 아이는 졸린 눈을 비벼가며 엄마의 늦은 퇴근을 기다렸다. 껍데기만 남은 모습으로 집에 돌아온 내게 아이는 버스 놀이를 해달라 하고, 나는 가만히 있어도 되는 정류장 역할을 달라고 졸랐다. 하지만 그렇게 되면 버스 역할을 할 사람이 없기에 결국 나는 운전기사이자 버스가 된다. 아이를 등에 태우고, 엄마 회사에서 집으로 오는 '540번 버스'는 임시 정류장인 거실과 침실, 주방을 향해 느리게 달린다. 색종이를 오려서 만든 돈을 받고 "어서 타세요. 우리 집에 가는 버스입니다" 하며, 입으로 방송 안내와 문 닫는 소리, 에어 빠지는 소리 등 아이가 중요하게 생각하는 각종 소리들을 내며 놀아주던 시간이 떠오른다.

국립광주박물관 근무 시절 나는 주말마다 집이 있는 서울로 상경했다가 일요일 오후면 가족을 등지고 터미널로, 기차역으로 향했다. 아이의 아침과 저녁 표정이 다른 것을 알아차릴 수 있는 평범한 일상이 얼마나 소중한지 깨달은 시기였다. 어쩌다 집에 가지 못하는 주말에는 헛헛함이 밀려왔다. 이 또한 지나

가리라 하면서 그 시간을 지내왔다.

어느 날 전시실에서 아기 띠를 멘 30대 엄마의 곁을 지나다가 아이에게서 과일 향을 맡았다. 아이가 어릴 때는 하루하루가 버거워 제대로 맡지 못했던 향기다. 되돌아보면 제대로 살고 있는 건지 물을 엄두도, 물을 새도 없었다. 더 많은 추억을 쌓지 못한 것이 아쉽지만 그럼에도 매해 아파트 담벼락에 붉은 장미가 피는 계절이 오면 원고를 교정보다 낳은 아들1이 떠오르고, 동네가 수국으로 뒤덮이면 3주 먼저 세상에 나온 아들2를 두고 산후조리원에서 대박 오자를 잡았다며 환호하던 그 몰입의 시간이 떠오른다.

인생을 멀리 보라고 온 선물

연구실에 안내 방송이 울려 퍼진다. 곧 특별전 연계 심포지엄이 있으니 대강당으로 와달란다. 박물관 교육동의 제1, 2강의실, 실기실과 소강당, 대강당은 늘 강좌와 강연 일정으로 가득하다. 박물관을 익숙하게 활용하는 분들은 전시 일정만큼이나 전문가 특강, 인문학 강좌를 잘 기억하고 챙긴다. 특히 기획 특별전이 시작되면 전시와 연계한 다양한 강연과 학술 행사가 진행된다. 인원을 제한하는 강좌인지 선착순에 무료 참여 행사인지 미리 알아두고 오는 사람들이 늘어나고 있다.

가족을 돌보고 아이를 키우느라 자신이 좋아하는 일을 미뤄온 중·장년층뿐 아니라 대학생, 대학원생까지 다양한 연령대가 박물관 강좌에 열심히 참여한다. 아이러니하게도 박물관 직원의 경우 오히려 관내에서 열리는 학술 행사에 참여하기가 쉽지 않다. 일할 시간을 빼서 교육을 듣기가 빠듯하고 마음의 여유도 없기 때문이다. 그럼에도 잠깐이라도 다녀오자며 방에 있는 몇몇을 몰고 내려갔다.

안내 데스크에서 나눠준 발표 요지문을 들고 자리에 앉았다. 글자가 잘 안 보인다. 이제 10포인트로 출력한 것도 어른거린다. 혹시 인쇄비 절약 차원에서 요지문의 글자 폰트를 9포인트로 인쇄한 건 아닌가 싶어 옆자리 선배에게 묻는다. "글씨 잘 보이세요?" 이미 익숙한 자세로 안경을 이마 위까지 들어 올려 자료를 들여다보던 노안 5년 차 선배 L이 안경을 내려 쓰며 말한다. "안경을 다초점으로 맞춰. 아직도 안 바꾸고 뭐했냐?" 신이 이제 가까운 거리만 보지 말고 인생을 멀리서 보라고 주신 선물이라나 뭐라나 하면서.

유물의 종류가 무엇이든 간에, 심지어 쌀알에도 유물번호를 적을 수 있다며 산처럼 쌓인 등록 대상품 앞에서 으스대던 때가 있었다. 유물번호를 대신 읽어달라던 선배 앞에서 우쭐대던 젊은 눈의 나도 이제 그 역할을 후배에게 넘긴 지 오래다.

노안으로 눈도 잘 안 보이는데, 글도 안 써지는데, 이제 공부는 그만둬야 하나, 논문은 써서 뭐하나 하는 생각이 제일 먼저 든다. 세상에 별 도움도 안 되는 연구를 하는 것은 아닌가 싶다. 피폐해진 정신 상태로 창의적인 글을 쓰는 것은 불가능하다며 다시금 밀려드는 슬픈 생각에 허우적댄다. 별로 나아지지 않는 스스로를 견디는 것이 가장 어렵다. 선배는 또 그 소리냐는 표정이다. 공부는 마라톤 같은 거란다. 달리기나 마라톤은 잘 모르지만, 어렴풋이 매년 5킬로미터 동네 마라톤에 나갈 때의 느낌으로 생각해본다. 평생을 달린다는 의미일까. 하지만 어느 정도 달렸고 지금 어디쯤 가고 있고 얼마를 더 달려야 하는지는 알아야 하는 것 아닌가.

자신이 어디쯤 가고 있는지, 위치나 수위를 알지 못한 채 나아지지 않는 자신을 견디는 것이 어렵다. 내게 연구는 사치스러운 취미인가 하는 회의가 들 때가 많다. 종일 연구실에 있어도 마라톤 뛰고 온 것처럼 숨이 가쁘다. "내 자신이 지리멸렬하게 느껴져요." 이렇게 말하면 선배 L은 이만큼도 잘하는 거라고, 얼른 다초점 안경으로 바꾸고 자신과 싸우지 말라 한다. "시간은 없고, 중요한 일은 뒷전이고, 노력에 비해 너무 효율이 떨어져요." 그럼 또 선배는 구멍 숭숭 뚫린 시루에 물이 다 빠져나가는 것 같아도 콩나물은 자란다나 뭐라나. 그만하고 싶다고 투덜거리면 더 열심히 살지 않으면 안 된다고 한다. 늘 그런 식이다.

H도 내가 신기한 부류라 생각하는 큐레이터 중 하나다. 어지럽혀진 공간에 겨우 걸을 수 있을 만큼의 오솔길을 내서 앞으로 나아가는 것이 나라면, 그는 앞으로 나아가면서 주변의 모든 것을 착착 정리한다. 인류의 역사는 이런 사람들에 의해 정리되는

구나, 딱 이런 느낌이다. 공부는 이런 사람이 하는 거구나 하며 그 집요함과 철저함, 정리의 완결성에 탄복할 때가 있다.

점심을 먹다가 H가 말을 건넨다. 출근하다 대학자의 인터뷰 기사를 읽었단다. 공부는 어떻게 해야 합니까, 기자의 물음에 대학자는 '파겁(破怯)'의 경지에 이를 수 있어야 한다고 대답했단다. 파겁은 익숙하여 두려움이 없고 겸손하고 관대해지는 경지를 말한다.

"정말 대단하지 않아요?"
"…."

딱히 대꾸할 말이 생각나지 않았다. 얼마나 잘 알기에 두려움이 없을 수 있을까. 그런 경지가 있기나 한가. 그건 종교 아닌가. 하긴 어떤 이에게 공부는 이미 종교다. 각자가 가진 두려움의 무게와 깊이를 같은 선상에서 비교할 수 없지만, 연구자에게는 공부는 기댈 수 있는 언덕이자 신념이기도 하다. 글쎄. 나는 그렇게까지 거창한 의미는 없다. 내가 할 수 있는 내 몫이 있겠지. 내 속도대로, 자신에게 크게 실망하지 말고 할 수 있는 일을 해 나갈 뿐이다.

오늘도 야근각

특별전 개막 디데이가 다가오면 마감이 각기 다른 전시 업무들로 일정표가 빼곡히 채워진다. 외부의 흐름을 따라가다 보면 연구직 학예사로서의 조사 연구는 자연스럽게 뒷전으로 밀린다. 사실 업무 시간 중에 연구를 한다는 것은 현실적으로 불가능하다.

연구를 위해서는 어쩔 수 없이 일과 시간 이후를 활용해야 하는 경우도 많다. 그러다 보면 자신이 아침형 인간인지 올빼미형인지를 알게 된다. 꾸역꾸역 연구를 한다고 어떤 보상이 주어지거나 업무상의 혜택이 돌아오는 것도 아니고, 안 한다고 당장 어떤 문제가 생기는 것도 아니다. 하지만 연구 작업이 뒷전에 밀리게 되면 제대로 챙기지 못하는 가족을 대하는 것처럼 미안한 마음이 든다.

오래도록 진행하던 원고를 마치고 난 어느 날 꿈을 꾸었다.

간혹 새벽에 깨어 다시 잠들지 못하거나 선잠을 잘 때가 있는데, 그날도 그랬다. 강가에 물고기들이 헤엄을 치고 있었다. 물이 맑아 다양한 어종의 물고기가 선명하게 비쳤는데 그중에 헤엄치지 못하고 누워버린 물고기가 보였다. 물이 너무 얕아서 그런가 생각하는 사이, 누군가 그 물고기를 건져 내 앞으로 쑤욱 내밀었다. 살이 녹아내리고 가시가 드러난, 생명이 끊어진 지 오래된 물고기였다. 이미 썩은 물고기 아니냐며 나는 혐오스러워하며 바라본다. 그러다 잠에서 깨고, 그 물고기가 내 논문이었구나, 자책한다.

스토리가 너무 명확한 총천연색 꿈을 꾼 날이면 잠을 잔 건지 아닌지 구분이 안 된다. 혹시 오늘은 토요일이 아닐까 희망을 걸어보나 아직 수요일이다. 눈을 감고 있으면 잠들지 않아도 피로가 풀릴 것이라 믿으려 하지만, 잠시 후면 공중에서 글자가 층층이 내려온다. 어제까지 마무리하지 못한 일, 오늘 할 일, 이번 주에 해야 할 일, 결단이 필요한 일의 리스트들이 공중에서 테트리스의 각종 막대기처럼 내려온다. 해야 할 일 목록이 한 줄을 채우면 머릿속의 커서가 저절로 움직여 엔터 키를 치고 다음 문장으로 이어진다.

그 사이를 이용해 새벽 4시에 굳이 떠올리지 않아도 될 생각들이 끼어든다. 아침에 먹을 만한 게 뭐가 있더라, 냉장고에 유통 기한이 다 되어가는 닭고기가 있는데…. 도배지에 퍼져나가는 곰팡이처럼, 평소 신경 쓰이던 일들이 스멀스멀 떠오른다. 한 시간이나 지났을까, 두 시간을 이 상태로 보냈을까, 더 이상의 뒤척임을 견디다 못해 자리에서 일어난다. 그리고 눈 밑에 다크서클이 두드러지는 뒤숭숭한 하루가 시작된다.

점심시간이 끝나면 학예연구실 화장실은 양치질을 하는 사람들로 북적인다. 고고역사부 큐레이터와 입에 거품을 문 채로 짧은 대화를 나눈다. 얼굴이 왜 이리 안 좋으냐는 질문에 새벽의 선잠을 토로한다. 자신도 자주 그렇단다.

"나 지난 주말에 코미디 영화 보다가 혼자 울었잖아. 제목이 '하이힐을 신고 달리는 여자'인데, 거기 주인공도 새벽에 잠이 깨더라고. 화면 위쪽에서 그녀를 잠에서 깨운 할 일 리스트가 내려오더라고. 나만 그런 건 아니구나 싶었어."

전시를 준비하다가 뜬금없이 자신의 전생을 의심하는 이들도 종종 있다. 언젠가 문중의 기증 유물을 모아 기증 특별전을 준비하던 동료는 그 집안 어르신의 초상화를 바라보며 푸념을 늘어놓았다. "전생에 내가 이 집안에 큰 잘못을 저질렀던 걸까요? 아니면 이 어른에게 크게 신세 진 일이 있던 걸까요."

마친 일과 못 마친 일
내일은 끝내야 할 일
기약 없는 일
잘 안 되는 일
갈 길은 멀고
슬럼프는 길고,
터널 또 터널...

2018년 대고려 특별전을 준비할 때는 미술부 직원들끼리 "우리는 전생에 몽골군이 아니었을까", "그때 우리가 팔만대장경을 불살랐다가 지금 죗값을 치르고 있는 건 아닐까" 하며 고충을 토로하기도 했다. 일하다 보면 가끔 종교와는 상관없이 세상 모든 것이 서로 연관되어 있음을 깨닫게 되는데, 때로는 그 공감이 지나쳐 윤회론 단계로 넘어가기도 한다.

낮보다 더 집중적으로 돌아가는 저녁의 미술부 사무실. 시간에 지배당하고 시간에 끌려가는 생활이 지겹다 싶을 때쯤, 서무 선생님이 사놓은 사무실 응급 의료함의 타이레놀 한 통을 일주일 동안 P가 다 먹어 치웠다. 밤만 되면 올라오려는 감기 기운을 약으로 눌러놓았단다. 나 또한 몸살 후유증으로 두 사람이 된 기분이다. 둘로 나뉜 내가 다시 하나가 되어 서로 화해하기까지 사무실의 응급 약통과 친구가 보내준 여러 종류의 티백 상자가 내가 기댈 언덕이다. 오늘은 어떤 차를 마시고 텐션을 올려볼까. 분리된 정신을 하나로 모으고 두 가지 모습의 나를 화해시키는 소리가 여기저기서 들린다. 조용한 사무실이 분주해진다.

개막이 며칠 남지 않은 날의 새벽 3시 반, 오늘도 어제와 비슷한 시간에 미술부 동료들과 걸어 나간다. 자작나무 옆 작은 계단을 걷기 전 제각기 스마트폰으로 택시를 부른다. 철문이 닫힌 정문 너머로 네 대의 택시 불빛이 우리를 기다리고 있다. 우리

뭔가 멋진 것 같아, 4인조 도박단이 등장하는 할리우드 영화 속 배우 같다는 헛소리도 날리면서. 불러놓은 택시가 기다리고 있을 뿐인데, 영혼이 이탈한 상태의 우리는 누군가가 기다려준다는 점에 묘한 자부심을 느낀다. 짧은 수면을 취하고 몇 시간 후면 다시 일어나 사무실로 모이겠지만, 내일은 또 내일의 해가 뜨겠지.

가장 기억에 남는 실수

그해 가을에는 용산 박물관의 개관 업무를 하면서 동시에 독일 프랑크푸르트 국제도서전을 기념한 국외 전시를 준비하고 있었다. 낮에는 새로 개관하는 불교회화실의 설명 카드며 패널을 교정보았다. 최종 교정을 진행하며 받침대나 전시 보조물 제작 발주 업무를 하고 전시실의 영상 패널을 제작하는 업체를 뛰어다녔다. 파트너 박물관과의 시차로 인해 한국 주빈국의 해를 기념한 독일 특별전시 업무는 자연스럽게 야간으로 이어졌다.

밤낮을 가리지 않은 살인적인 일정으로 모두가 기진맥진했었다. 독일 출발 하루 전날에도 상황은 나아지지 않았다. 마지막 날에는 그래도 자정 전에 귀가해 출장 짐을 꾸리려는 계획을 세웠으나 이마저도 실패했다. 일주일간 사무실을 비우기 때문에 그동안 일어날 수 있는 업무를 미리 해치우거나 미봉책이라도 마련해야 했는데, 이도 저도 아닌 상태로 주섬주섬 업무를 챙기고 나니 새벽 2시가 지나 있었다. 혼미한 상태로 집에 도착해 출장용 개인 짐과 업무용 짐을 챙기니 새벽 4시, 이제는 몸을 가눌 수조차 없는 상태가 되었다.

아침 7시에는 전날 크레이트에 담아둔 수장고 유물을 꺼내 무진동 운송 차량에 상차하는 일정이 잡혀 있었다. 이 작업이 한 시간가량 걸릴 것이므로 오전 8시에는 유물과 함께 박물관에서 공항으로 출발할 예정이었다. 평소라면 상차 시간에 늦을까 봐 잠을 자지 않고 버티다 나갈 텐데 그날은 너무 피곤해 딱 한 시간만이라도 자야겠다 싶었다.

까무룩 잠들었다 눈을 떴는데 뭔가 이상했다. 방 안이 온통 빛으로 가득하다. 여기가 어디지? 혹시 천국인가? 세상에! 아침 7시다. 늦잠이다. 일주일 동안의 그 팽팽한 긴장감을 다 이겨냈는데, 출발 당일 이런 일이 벌어질 줄이야! 나의 이 어처구니없는 늦잠으로 프랑크푸르트행 비행기를 타야 하는 유물 200여 점의 발이 묶이게 생겼다. 이건 꿈일 거야, 아니 진짜인가? 나 도대체 무슨 일을 저지른 거지?

'나쁜 꿈을 꾸고 있나' 의심하던 단계에서 현실로 돌아와 도저히 믿기지 않지만 내게 닥친 일을 인정하기까지 감정의 여러 단계를 거쳤다. 머리는 산발을 한 채로 택시를 잡아탔다. 트렁크를 택시에 밀어 넣고, "이촌역에 있는 국립중앙박물관이요. 최대한 빨리 달려주세요, 기사님!" 차 안에서 나는 거의 울 지경이 되었다. 지금까지 얼마나 밤낮없이 달려왔는데, 이제 모두 끝내고 비행기만 타면 되는데, 어떻게 긴장을 풀 수 있었는지 도저히 이해할 수 없어 스스로에게 저주 비슷한 말들을 쏟아냈다.

있는 힘껏 액셀을 밟던 기사님이 백미러로 쳐다보시더니 그럴 때가 있다고, 살다 보면 그런 실수를 할 수도 있다고 위로의 말을 건넨다. 황당한 일이 생길 수도 있다고 하셨던가, 누구의 잘잘못을 가릴 필요 없는 어쩔 수 없는 일들이 있다고 하셨던가 정확히 기억나지는 않는다. 하지만 실수를 저지르고 고개를 푹 숙인 나와 그런 나를 용납하지 못해 어쩔 줄 몰라 하는 또 다른 나를 화해시키던 기사님의 따뜻한 목소리에 대한 기억은 또렷하다.

다행히 운송 차량에 유물 크레이트를 상차하는 업무는 일찍 출근한 동료가 대신 진행해주었다. 박물관에 도착하자마자 유물 운송용 트럭으로 얼른 옮겨 타 이동한 덕분에 겨우 비행기 출발 시간을 맞출 수 있었다. 이륙하자마자 잠들어 눈을 떠보니 독일이었다. 프랑크푸르트로 가는 비행기에서 제공되는 두 끼의 식사를 모두 거부한 채 죽은 듯이 잠만 잤다. 모든 긴장이 휩쓸고 간 뒤의 딥슬립이었다.

기억을
부르는 향기

박물관에 입사해 처음 만들었던 책을 생각하면, 옥탑방 작업실 창으로 환하게 밝아오던 새벽녘과 밤새운 이튿날의 어지럽고 휘청거리는 느낌이 가장 먼저 떠오른다. 봄이 오면 조금 더 쉽고 부담 없이 넘겨볼 수 있는 작은 책을 만들자며 의기투합해 찾아갔던 작업실과 그곳에 흐르던 음악, 색 교정을 보기 위해 인쇄소로 가던 길의 풍경도 어렴풋하게 기억난다. 골목을 돌아서는데 바람결에 라일락 향기가 확 풍겨오던 어느 저녁, 무슨 얘기를 나누었는지는 흐릿하지만, 그날의 여러 빛깔과 소리와 향기는 선명히 남아 있다. 지금도 라일락 향 가득한 봄밤이면 자연스레 밤샘 작업을 하던 어느 날이 떠오른다.

미국 뉴욕으로 출장을 떠났다. 처음 뉴욕으로 출장을 떠날 때만 해도 이곳이 미국 도시 중에서 내가 가장 많이 방문한 곳이 될 줄은 상상도 못했다. 이번 일정은 동행한 동료가 진행했기

3 ✳ 큐레이터의 하루

에, 숙소에 도착해서야 내 첫 번째 뉴욕 출장 때와 같은 호텔로 예약되어 있음을 알고 반가웠다.

좋았던 일만 있었던 것은 아니었다. 노트북을 두고 온 곳도 뉴욕이었다. 소장품 구입 업무를 맡고 있던 때였다. 출장 전 개최한 1, 2차 심의회의 결과 이외에도 현장 실사 결과와 현지 자문위원의 의견을 반영해 최종 리포트를 작성해 보내야 했기에 노트북은 필수품이었다. 당시는 부서에 공용 노트북이 없어 개인 노트북을 가지고 갔다. 동행한 선배가 너무 무거워 보인다며 내가 어깨에 멘 가방 중 하나를 들어주었다. 그리고 한참이 흘러서야 모두 똑같이 생긴 뉴욕의 어느 노란 택시에 선배가 내 노트북 가방을 놓고 내렸음을 알게 되었다.

연차 휴가를 쪼개어 대학원 수업을 듣고 주말을 이용해 발표를 준비하며 박사과정을 수료했었다. 그 노트북에는 논문을 써야 한다는 압박감에 이렇게 저렇게 모아놓았던 자료와 쓰다 만 박사 논문이 들어 있었다. 황당한 상황이었지만 업무는 진행해야 했기에 내 감정에 머물러 있을 짬이 없었다. 문서를 작성할 수 있는 곳을 찾아 이튿날 진행할 최종 응찰 보고서를 만들어 보냈다.

여러 변수가 있었지만 조선시대 회화 병풍은 안전하게 확보할 수 있었다. 곧이어 프랑스에서 있을 초상화 구입 건을 진행하기 위해 선배는 파리로 가는 비행기를 타고 떠났다. 이곳에서의 일정을 무사히 끝낸 선배를 배웅한 후, 나는 길거리에 주저앉았다.

그제야 내게 다가온 일이 실감났다. 노트북과 함께한 어두웠던 시간도, 헤어나오지 못했던 논문의 늪도 모두 허무하게 내 곁을 떠나갔다. 세상에 나오면 안 되는 논문이었나. 숙소로 걸어들어오면서 뉴욕 거리에 눈물방울을 한참 흘린 것 같다. 사라진 파일과 자료를 잊고 다시 시작할 용기를 내기가 그리 쉽지는 않았다.

몇 년이 흐른 후 나는 같은 장소에 와 있었다. 매서운 바람이 불던 춥디추운 길을 걸어 프릭 컬렉션을 찾았다. 노트북을 잃어버린 후의 상실감을 이곳 중정의 따뜻한 빛과 르누아르 그림에 위로를 받았던 기억이 떠올랐다. 실내 정원이 있는 중정에 가만히 앉아 물소리를 듣던 시간으로 돌아갔다. 은은한 빛이 공간을 가득 채웠다. 나무와 물과 그림의 향은 그때와 같지만, 강렬했던 절망감은 무뎌져 있었다. 언제까지나 또렷할 줄 알았던 상실감은 옅어지고 어디에도 기댈 수 없던 마음을 내려놓았던 장소였다는 기억만 남아 있었다.

광주 근무 시절 서울 출장길에 시간을 쪼개어 국립중앙박물관 특별전을 관람한 적이 있다. 급한 마음에 빠르게 걸음을 옮기고 있었는데, 세상에! 그동안 잊고 있었던 조선시대 회화 병풍을 전시실에서 마주쳤다. 우리 박물관 소장품이 된 후 첫 출품이었을 것이다. '와 드디어 전시되었구나!' 오랜만에 이 그림을 대하니 망연자실했던 시간이 주마등처럼 흘러갔다. 뉴욕과 이곳의 시간이 연결된 듯하면서도 한편으로는 그 긴 시간을 훌쩍 건너온 듯했다.

이 병풍을 박물관 소장품으로 확보하는 일이 과연 오랫동안 준비해온 박사 논문과 바꿀 만큼 가치 있는 일이었을까 자문하던 시절도 있었다. 지금은 우연히 그 병풍을 볼 때면 흐뭇하다. 이 유물이 어떻게 박물관 소장품이 되었는지 그 뒷이야기를 아는 이는 없지만, 즐거움은 다른 사람이 알아주고 인정해주는 영역 바깥에서 온다. 할 수 있는 일을 계속할 기회가 주어진다는 것에 감사할 뿐. 고속버스터미널로 향하는 발걸음이 가벼웠다.

가 만 히
생 각 하 건 대

"저는 해물 순두부로 할래요."

익산의 박물관 앞 식당이라고는 두부 전문 음식점 하나뿐이었다. 직접 만든 두부 위에 무엇을 추가하느냐에 따라 매운 순두부 아니면 덜 매운 순두부가 된다. 메뉴는 두부에서 출발해 두부로 끝난다. 빨간색 앞치마를 걸친 직원들이 뚝배기가 올려진 양철 쟁반을 들고 테이블 사이를 분주하게 움직인다. 화산 분출 직전에 용암이 내는 소리처럼 묵직한 부글부글 소리가 사방에 가득하다.

선배가 자꾸 모두부도 시키자고 한다. 이 집의 별미라며, 하나만 시켜도 충분하다고 해도 말릴 수가 없다. 설설 끓는 뚝배기 두 그릇이 먼저 나왔다. '서동왕자와 선화공주'는 어찌할 것이며, 백제 귀족인 왕후는 어쩌며, 선배는 뜨거운 순두부를 입에 넣으며 연신 미륵사지 이야기다. '선배가 이곳에서 먹은 두부는 한 백 그릇쯤 될까? 이 식당의 몽키스패너는 손으로 들 수 없는 뚝배기를 내려놓느라 큰일 하는구나.' 열기로 가득한 식당에서 마음은 딴생각의 마을로 떠나는 중이었다. 이윽고 모두부가 나왔다. 생크림처럼 하얗고 곱고 부드럽다. '두부가 다 두부지' 했던 마음을 다잡는다. '이 두부를 먹으면 새사람이 될 수 있을까?' 하얀 순백의 두부를 바라보다가 불쑥 경건해졌다.

가끔 주춤주춤하며 일상이 멈출 때가 있다. 성실한 생활인으로 하루하루 열심히 달려온 것 같은데, 문득 자신이 하찮게 여겨지고 정작 중요한 걸 놓치고 나이만 먹은 것 같은 그런 날 말이다. 영혼의 어떤 부분이 텅 비어 정작 나 자신은 어디에 있는지 궁금해질 때, 그런 마음이 밀려올 때, 나는 오래된 곳을 찾아간다.

KTX를 타고 익산역에 내려 미륵사지 석탑을 보러 갔다. 이 탑을 따라다니는 '현존하는 석탑 중 가장 크고, 가장 오래된'이라는 수식어를 좋아하지는 않지만, 미륵사지 석탑은 내게 1,300년이 넘는 시간을 기억할 수 있게 해준 고마운 탑이다.

7세기 백제 무왕 때 만들어진 미륵사지 석탑은 일제강점기인 1915년 탑의 무너진 부분에 시멘트를 발라 긴급 수리를 했는데, 그 상태가 매우 불안정했다. 오래전부터 복원 논의가 이어지다 석탑을 이루고 있는 1,627개의 부재를 해체했다가 다시 쌓아 올려 복원하는 작업이 20년 가까이 진행되었고, 마침내 2019년 4월에 마무리되었다. 미륵사지 석탑의 복원 프로젝트가 한창인 2009년 어느 날, 크레인으로 탑 1층의 심주석(돌기둥)을 들어 올렸을 때 사리를 봉안하기 위해 파놓은 사리공이 모습을 드러냈다. 이 사리공에는 금으로 만든 사리병, 머리에 쓰는 관에 꽂는 은제 장식, 청동합, 금구슬, 유리구슬, 진주, 유리판 등 9,900여 점의 유물이 빼곡히 쌓여 있었다. 놀라운 발견이었다.

반짝이는 수많은 보물 가운데 이 모두를 탑 안에 넣게 한 왕비의 목소리가 담긴 유물이 있다. 얇은 금판으로 만들어진 〈사리봉영기〉로, 여기에는 639년 왕비가 미륵사를 세우기 위해 재물을 내고 백제 왕실의 안녕을 기원한 사정이 적혀 있다. 고대 금석문은 법식에 따른 딱딱한 어투인 경우가 많은데, 〈사리봉영기〉는 나지막한 목소리를 옆에서 듣는 듯한 내용으로 시작한다. "가만히 생각하건대[절이竊以]"로 시작하는 첫 구절을 따라 읽으면, 사라지는 시간 앞에서 영원을 기원했던 마음이 슬프게 다가온다.

백제탑이 있는 이 마을을 나는 사랑한다. 백제 최대의 사원이 있던 미륵사터에서 오래전 누군가가 걸었을 길을 따라 걷는다. 차를 한 잔 마시고 싶을 때는 미륵사가 있던 곳을 향해 몸을 숙인 듯한 모습의 국립익산박물관을 찾는다. 미륵사탑에서 나온 유물을 바로 곁에 두고도 만나지 않고 돌아갈 수는 없다. 박물관에는 오후의 빛이 고스란히 드는 카페도 있다.

어떤 문학 평론가는 자신이 지향하는 것은 정확하고 대체 불가능한 문장을 쓰는 거라고 했다. 어떤 상황과 상태를 자신의 시각과 언어로 표현할 수 있는지 아닌지는 정확한 인식에 도달했는지를 측정하는 하나의 기준이다. 하지만 그런 건 삶에 치열한 이만이 도달할 수 있는 곳이려니 생각했다. 과연 내게는 세상에 들려줄 이야기가 있을까? 내 목소리를 제대로 낼 수 있을까? 질문은 제자리걸음을 하고 있었다.

익산에서 한나절을 보내고 다시 서울로 돌아가기 위해 기차역으로 향하던 중이었다. 버스가 신호를 기다리기 위해 교차로에 섰을 때, 주택을 개조해 만든 목 좋은 가게가 눈에 들어왔다. 가게의 상호는 '말로 종합 마대 상사'. 미장, 건축, 방수를 위한 자재, 각종 철물과 공구뿐 아니라 다양한 크기의 개집과 사다리, 빗자루, 철물이 가득 모인 그야말로 모든 것을 파는 만물상점이다.

무엇보다 눈에 들어온 단어는 '마대'. 마대는 굵고 거친 삼실로 짠 커다란 자루다. 이미 30년 전부터 마대 대신 '자루'라고 순화해 부르자고 부르짖어도 소용없다. 재활용품을 넣어두든, 낙엽을 모으거나 농산물을 보관하든, 모든 것을 담을 수 있는 쓸

모 있는 커다란 자루, 질기고 강한 쓰임 때문인지 한번 마대는 계속 마대다.

플랫폼에 기차가 들어올 시간까지 역 안의 꽃집 앞에 오래 서 있었다. 퐁퐁 국화와 보스턴 고사리와 화분에 담긴 수국을 한참 바라보았다. 모든 것을 담을 수 있는 마대 자루에 내 자잘한 고민을 모두 넣어버리고, 가볍게 기차에 올라탔다. "가만히 생각하건대"로 시작하던 백제 왕비의 목소리를 마음에 담은 채였다.

그 래 도 ,
아 무 튼 , 성 취 감

세상 모든 일에 시작과 끝이 있듯이 그 어떤 특별전이라도 막을 내리는 시간이 찾아온다. 전시의 마지막 날이 되면 여러 생각이 교차한다. 개막 전에는 어서 모든 것이 마무리되어 무사히 오픈하기를, 편안한 마음으로 포근한 잠자리에 몸을 누일 수 있는 일상으로 복귀하기를 희망한다. 하지만 아이러니하게도 몸과 정신, 영혼을 탈탈 털어 몰두하던 일에서 빠져나온다 해도 일상으로 돌아가는 일이 쉽지만은 않다. 다시 리셋하기 위해서는 생각보다 많은 에너지가 필요하다. 해가 늘어날수록 시간이 더 걸린다.

유물과의 만남과 헤어짐도 쉽지 않다. 전시를 철수할 때면 이 유물을 다시 볼 수 있을까 싶어 먹먹해진다. 사람과 헤어질 때도 잘 느끼지 못하는 아쉬움이 이상하게도 유물을 대할 때면 더 간절해진다. 시간은 점점 빠르게 흐르고 삶은 의외로 짧다는 생각에 조급해진다.

전시가 폐막하면 관람객으로 가득했던 전시장으로 철수 장비가 올라간다. 큐레이터들은 운동화에 최대한 간편한 차림으로 유물을 옮길 밀차와 핸드카, 바퀴가 달린 접이식 테이블, 조명 장비 등을 전시실로 올린다. 그러면 이어 보존과학자들이 전시 기간 동안 진열장에 있던 유물의 건강 상태를 꼼꼼하게 체크한다. 바로 격납할 수 있는 소장품은 수장고로 내리고 차용품은 컨디션 체크 후 운송을 위한 포장을 한다. 유물에 이어 전시 보조물, 패널, 설명 카드, 영상 장비 등을 철수한다. 특별전의 경우 유물을 차용해온 기관이 평균 20, 30곳 이상이어서 반환하는 데 시간이 오래 걸리는 만큼 신경 쓸 일도 많다. 차용 유물을 원래 있던 곳으로 안전하게 반환하고 나면, 전시가 막을 내렸음을 실감한다.

전시 현장을 마무리한 후 사무실에 돌아오면 책상은 그동안 밀린 일들로 어수선하다. 이제 내부 회계 시스템을 통해 지출과 결산 등 처리해야 할 일이 기다리고 있다. 전시 결과 보고서를 만들어야겠다는 생각이 들면 얼추 전시에 관한 일련의 행정 절차가 마무리된 시점이다. 전시를 마칠 때마다 '철수한 전시는 이제 그만 잊자' 생각하지만, 언제나 마음앓이를 한다. 시간과 열정을 쏟아부은 일이 끝날 때의 공허함은 어찌할 수가 없다. 이

성적으로는 이제 현실로 돌아와야 한다고 다짐한다. 하지만 빈 전시장에 서면 내가 했던 전시가 꿈만 같다. 긴 꿈을 꾼 것만 같다. 어떤 계기로 기억이 소환되면, 가슴에 커다란 구멍 하나가 뚫린 것처럼 허전하다.

전시를 보고 간 누군가가 이렇게 묻는다.

"그래도 성취감 있는 일을 하시는 것 아닌가요?"

내가 무언가 의미 있는 일을 이루어냈다는 것을 알려주기 위해 한 말이었을 것이다. 전시를 준비하면서 배우고 성장한 것을 일컫는다면, 맞다. 허나 전시를 하나 끝낸 후의 마음은 안도감에 더 가깝다.

내게 질문을 던진 그녀는 자신의 인생은 맥락이 없는 것 같다며, 육아와 일 사이에서 종종거리는 자신의 일상을 헛헛한 눈빛으로 말한다. 나도 비슷하다고 말했다. 정신없이 하루를 보낸 뒤에 찾아오는 부질없음과 허무함이라는 감정에 한동안 머무를 때가 많다고. 어차피 삶에는 정답이 없고, 정답 없는 질문을 던지지만 부족함을 자각하는 순간 나는 나로 돌아온다. 내가 어쩔 수 없는 일, 예측할 수 없는 변수에서는 마음을 거둔다. 어제보다 나아져야 한다는 마음을 고쳐먹는다.

어떤 일을 10년 넘게 하면 뭔가 꽤 그럴듯한 사람이 되어 있을 줄 알았다. 나의 20대를 떠올려보면 막연히 그런 기대를 했었다. 연차가 쌓여도 새로운 업무를 맡을 때의 긴장감은 크게 달라지지 않았다. 박물관에서 30대를 보내고 다시 40대 막바지에 서고 보니 지금까지 나는 컴퓨터 끌 때의 '시스템 종료'와 '다시 시작' 버튼 사이를 왔다 갔다 한 것만 같다. 매번 다시 시작하지만 그때마다 지난번과는 또 다른 능력이 요구되었다. 언제쯤 일이 좀 더 수월해지는 건가 싶게 매번 데이터가 초기 상태로 리셋되었다.

큐레이터로 살아온 시간은 맘에 들지 않는 자신과 타협하는 과정이었다. 나는 왜 숙제를 해버리는 기분으로 살고 있는지 불현듯 궁금하다가, 혹시 열차의 속도를 줄일 방법이 내게 있는 건 아닐까 싶어지기도 했다. 자신을 인정하기 어렵다 보니 당연한 일이었다. 있는 그대로의 나를 받아들였다면 어땠을까. 그때는 그럴 수밖에 없었겠지 하면서. 우리에게 필요한 건 스스로를 인정하는 일인지도 모른다.

에 필 로 그

기억의 집

대학자나 예술가의 생가를 찾을 때면 왠지 낯설었다. 있어야 할 것이 제자리에 있고 잘 정돈되어 있지만 오롯한 공간으로 느껴지지 않았다. 사람의 숨결이 떠난 집은 차가운 공간으로 남았다. 그럼에도 우리가 명사의 생가를 복원하는 건 사람에 대한 기억으로 살아 있는 집이기 때문이다.

박물관은 유적도 아니고 고택도 아닌 이상한 집이다. 500명이 넘는 집사를 거느린 대저택에 41만 점의 유물이 산다. 지금은 존재하지 않는 이들의 애장품으로 박물관은 기억의 공간이 된다. 유물을 만지고 연구하면서, 이별을 경험하고 상실감을 견디며 앞으로 다가올 시간을 준비하던 이들을 상상한다. 다른 시공간에 있는 이가 말을 걸어오는 기분이 들 때면 마음이 간질거리는 지점의 이야기를 다른 사람들과 나누고 싶어진다.

고려 무덤에서 나온 공예품을 조사할 때는 고려인의 버킷 리스트를 떠올렸다. 고려의 남원군부인 양씨의 석관에서는 주민등록증만 한 크기의 휴대용 불상인 호지불(護持佛)이 나왔다. 그녀는 언제 어디서든 기도를 할 수 있는 불상을 택했구나. 다음 생을 맞이하러 갈 때 나는 무엇을 가져갈까? 가만히 귀 기울이면 유물 하나하나에는 저마다의 우주가 있다. 과거는 낯설고 고루한 세계가 아니라 누군가에게는 아쉽고 누군가에게는 힘겹고 누군가에게는 최선을 다한 시간이었음을 깨닫는다. 삶과 죽음이 크게 구분되지 않고, 잠깐 머물다 갈 뿐이라는 것을 받아들이게 된다.

한강을 건너 퇴근하는 길, 반짝이는 강물을 보다가 우리가 좋아서 하게 된 이 일의 재미있는 지점이 뭐였는지 좀 따져봐야겠다 싶었다. 하지만 금세 이런저런 이유로 망설이는 사이 항상 곁에 있을 줄 알았던 이들이 하나둘 떠나갔다. 가까이에 있어 당연하게 여겼던 사람과 일들, 매일 반복되기에 무심하게 대했던 일상 속에 우리를 지탱하는 힘이 숨겨져 있다는 것을 잘 알지 못했다.

당신도 한번쯤 큐레이터로 살아보고 싶은 적이 있었을까 모르겠다. 트위터나 페이스북, 인스타그램에 차곡차곡 모이는 누군가의 기록을 보면 우리는 이미 각자의 보폭으로 자신의 시간을 살아내고 기억을 수집하는 큐레이터다. 무심하게 반복하는 일상이 우리를 지탱해주는 힘임을 알기에, 스쳐 지나가는 현재를 글과 사진으로 기록하고 공유하는 것이 아닐까.

전시실에 머무르고 느끼는 시간에 함께하지 못하지만, 우리는 당신을 상상한다. 당신도 높이뛰기 선수 앞에 가로놓인 바처럼, 넘어야 할 높이가 아득해 보인다는 생각에 자주 암담해졌을까. 다음으로 미루거나, 도망가고 싶을 때가 많았을까. 큐레이터가 들려주고 싶은 이야기는 단지 박물관과 전시에 대한 것만은 아니다. 기대했던 속도만큼 나아지지 않는 자신을 너그럽게 대하기까지 시간이 걸렸다는 말을 해주고 싶었다.

하루하루를 살아가며 무언가를 꾸준히 하는 힘은 생각보다 강했다. 넘어야 할 높이를 넘어섰을 때 찾아오는 자신감은 분명 우리를 키울 것이다. 어떤 절망감이 찾아올 때 혼자만 있는 것이 아니라며 다정하게 말을 걸어주는 사람이 당신 가까이에 있기를. 반짝이지도 별스럽지도 않은 일상의 힘을 느끼고 집으로 돌아가는 당신의 발걸음이 조금은 가벼웠으면 좋겠다.

한번쯤, 큐레이터

박물관으로 출근합니다

2021년 11월 18일 초판 1쇄 펴냄
2023년 7월 12일 초판 4쇄 펴냄

지은이 정명희
펴낸이 권현준
책임편집 최세정·엄귀영
편집 이소영·김혜림·조유리
표지·본문 일러스트 황정하
표지·본문 디자인 말리북
마케팅 김현주

펴낸곳 ㈜사회평론아카데미
등록번호 2013-000247(2013년 8월 23일)
전화 02-326-1545
팩스 02-326-1626
주소 03993 서울특별시 마포구 월드컵북로6길 56
이메일 academy@sapyoung.com
홈페이지 www.sapyoung.com

ISBN 979-11-6707-027-2 03810